椰月美智子
Yazuki Michiko

小学館

もくじ

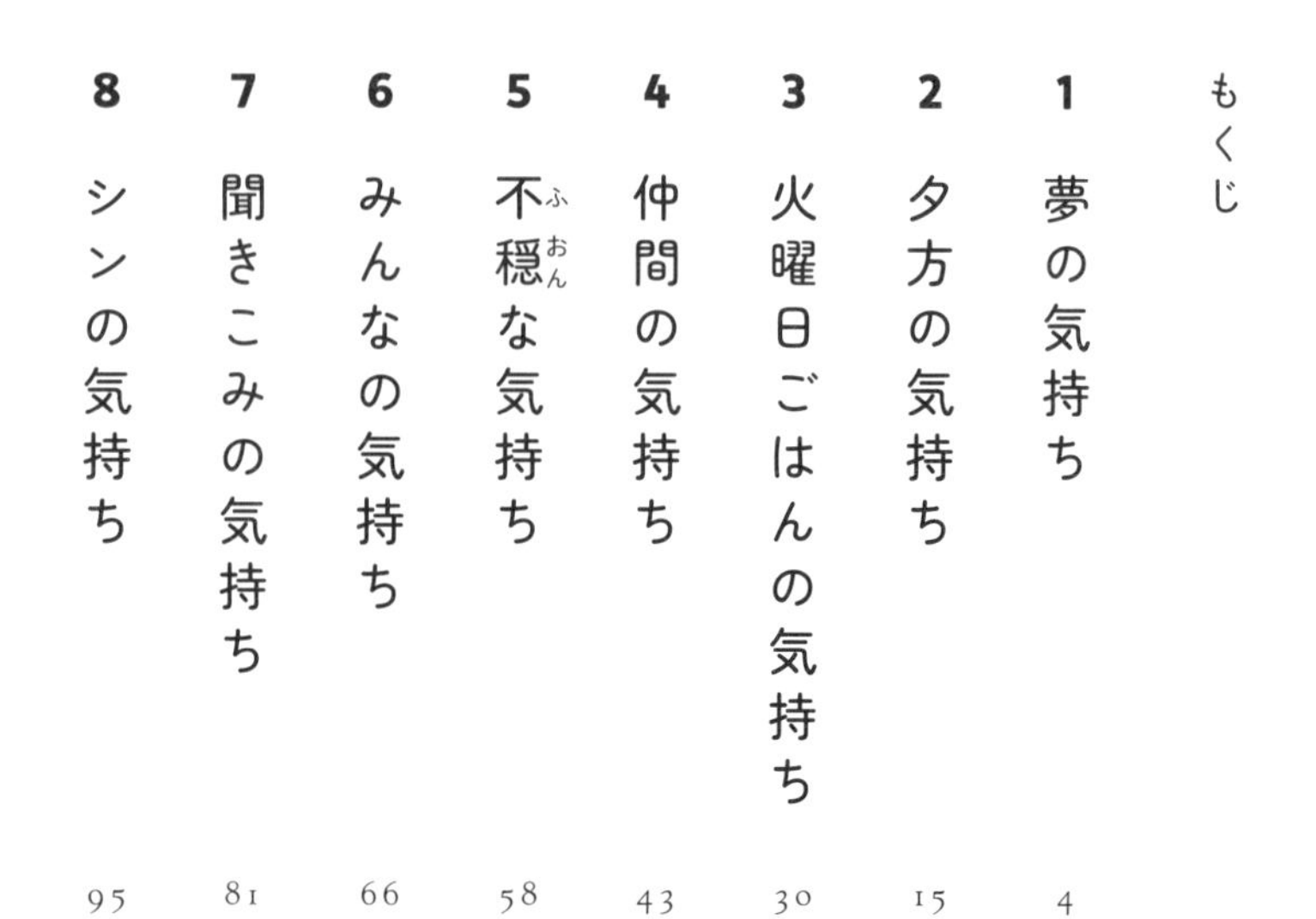

1

夢の気持ち

こたつに入っているおじいちゃんが、みかんを食べろと言う。大きなみかんはつやつやと光っていて、鮮(あざ)やかなオレンジ色がいかにもおいしそうだ。ほら、お食べよ。台所から顔を出して、おばあちゃんもすすめてくる。すすめるわりに、みかんを食べすぎると、手のひらが黄色くなるからほどほどにしとけと言う。今度はお父さんがやってきて、こんな時間にみかんを食べると、夜中におしっこに行きたくなるぞ、と笑う。おしっこ、という言葉を聞いたら、なんだか急にトイレに行きたくなってきた。ヤバい、もれる。

「……ジュン」

だれかが名前を呼(よ)んでいる。

「ジュンってば！」

返事をしようと思うけれど、声が出ない。

「……う……ん」

「いつまで寝てるの！」

「……うう……ん」

「まったく、毎日毎日、何回起こせばいいのよ。もう七時半よ！」

しちじ……？　七時……？　七時半……!?

「わあっ！　遅刻するっ」

バッと起き上がった瞬間、かけ布団がお母さんの頭に落ちた。お母さんの喉から、ぎゃわんっ、としっぽをふまれた犬のような声が出た。

「やだあ、せっかくセットしたのに、髪の毛がグジャグジャになっちゃう」

かけ布団と格闘するお母さんをしり目に、ジュンはロフトベッドからおりて、トイレにかけこんだ。おしっこはびっくりするぐらい長く出た。

トーストに甘いピーナツバターをたっぷりぬりこんで、牛乳で流しこむ。

「落ちてきたついでに、あんたのくさいかけ布団干しといたから、学校から帰ったら、洗濯物と一緒に取りこんでおいてよ」

「くさくない」

「トイレのあと手を洗った？」

「洗った」

もちろんうそ。トイレのあとに手を洗うやつなんて、見たことない。

「じゃあ、わたしは仕事に行くから。鍵かけるのを忘れないでね」

「うん」

「あと、食べたあとの食器もちゃんと洗いなさいよ」

返事をしなかったら、玄関から、

「わかったの？　返事！」

と、お母さんのするどい声が飛んできた。わかったよ、と返しつつ、なにもしないで家を飛びだした。


セーフ。ぎりぎり遅刻はまぬがれた。

「あっ、筆箱忘れた。スカイ、えんぴつ貸して。シャーペンでもいいや」

国語の時間。ジュンは隣の席のスカイに向かって手をのばした。

「またかよ、昨日も忘れたじゃん。ジュン、ランドセル昨日のままだろ？」

バレた。ランドセルは昨日から一度も開けていない。

「ほら」

スカイは、２Ｂのえんぴつを一本貸してくれた。昨日と同じえんぴつだけど、きちんと削ってある。

――テレジン収容所には、プラハやその近くの町や村に住んでいたユダヤ人たちが集められ、十歳から十五歳の子どもたちは、親からはなされ「男の子の家」と「女の子の家」に分かれて生活することになりました。じゅうたんもなければカーテンもない部屋には、木のたなのような三段ベッドがずらりと並んでいました。ひとつのベッドには、わらの入った布団が一枚と毛布が一枚あるだけです。

「レオン、うまいなあ」

心の声が思わず出た。レオンの音読、漢字もつっかえないし、抑揚があってすごく聞きやすい。

「本当に、とても上手ですね。ありがとう、レオンさん。じゃあ、次はジュンさん、続きを読んでください」

うへえ、やぶへびだ。ジュンは教科書を手に、のろのろと立ち上がった。

――子どもたちが次々に送られてくると、ベッドが足りません。三人も四人もの子どもが、ひとつのベッドに……じゅ、じゅう……ええっと、あっ、うな重だ、うな重……ん？

そこまで読んだところで、みんなが笑う。

「うな重？」

担任の宇野先生が、調子はずれな声で返した。

「つかえたのは、『重なり』のところね。『ひとつのベッドに重なり合うようにして』です。うな重の『ジュウ』は音読みですよ。かさなる、が訓読み」

「あー、重なり、かあ。この漢字、どこかで見たなあと思って、そういえば『翁庵』の出前のチラシに、うな重って書いてあったなって思い出して」

ジュンの言葉に、クラスメートたちは爆笑した。

「ジュンがうな重とか言うから、ひさしぶりにうな重食べたくなったよ。あー、食べたいなあ」

シンがのびをしながら大きな声で言い、ドッと笑い声が起こる。

「はい、では次。うな重を食べたいシンさん、お願いします」

「ひーっ、マジか」

「マジですよ」

先生が言い、シンの困った顔にまた笑いが起こった。やぶへびは、おれだけじゃなかったと、ジュンもおかしかった。

シンの音読も、ジュンとどっこいどっこいのシロモノだ。

「漢字の勉強しないとヤバいな、おれ……」

音読を終えたシンがぼそりとつぶやき、

「おれもヤバい」

と、ジュンも続けた。

「二人ともヤバいわよ〜」

先生がウインクしてシンとジュンを見て、教室は笑い声ではじけた。


ジュンは勉強が苦手だ。かといって、シンみたいに運動が得意なわけでもないし、絵や工作が好きなわけでもない。

「あれ？　なんでこうなったんだろ。なんかおかしくない？」

家庭科の時間。ジュンはできあがったエプロンを胸にあてて、スカイに見せた。エプロンはどういうわけか、ヘソまでの長さしかなかった。

「どう見てもおかしいだろっ！」

スカイが声をあげて笑う。

シンがやってきて、ジュンが作ったエプロンを見て腹を抱えた。

「なんだそれ！　よだれかけ？」

シンの声を聞いて、今度はレオンがやってきた。

「すごいよねえ、いつもジュンは」

首をすくめて、おっとりと言う。なにがすごいのかわからないけれど、レオンのしぐさや言い方は、まるで校長先生みたいだ。身体も大きくて、妙な安心感がある。

「ねえ、レオンってほんとに小学六年生？　マジでおれと同い年？」

思わず聞いてみた。

「どういう意味？」

レオンが眉(まゆ)を持ち上げる。

「ほら、レオンって四年生のときに引っ越(こ)してきたじゃん。そのとき、年齢(ねんれい)をいくつかごまかしたんじゃないかと思ってさ」

レオンは一瞬(いっしゅん)ハッとしたような顔をしてから、

「どうしてジュンはそう思ったの？」と聞いた。

「だって、めっちゃ大人って感じじゃん。いつも落ち着いてて冷静だし、なんていうの、動じないっていうのかな。いつだって堂々(どうどう)としてる。音読もうまくて、漢字もすらすら読めるし。それに身体も大きいしさ。ほんとは二十歳(さい)ぐらいじゃないかと思って。おれと同い年とはとても思えないよ」

ジュンが説明すると、レオンは口を開けたままジュンを見て、あははあ、と笑った。

「なんだ、そういうこと。冗談(じょうだん)ってこと？」

「うん」

「ジュン、どうもありがとう」

え、なんで、ありがとう？　やっぱりレオンは年をごまかしているのかもしれない。

ありがとうは必ず言おうねって、お手本を見せる大人みたいだ。

レオというのは獅子のことらしい。獅子はライオン。レオンはやさしいライオンだ。

「なあ。てかさ、レオンが二十歳じゃなくて、ジュンが五歳児なんじゃない？」

シンが横から口を出す。

「いや待てよ。よだれかけを作ったんだから二歳だ、二歳！　ジュンは二歳児！」

「なんだそれ」

ふくれっ面で、シンのひじをつくと、「なになに？　どうしたの」と、ルイとミナがやってきた。

「うそでしょー？　なにこれ。ジュン、わざと切ったわけじゃないよね」

ジュンのエプロンを見て、ルイが声をあげる。

「そんなわけないだろ」

「だって、ありえないじゃない。こんなところを切っちゃうなんて。はあーっ」

ルイがおおげさにため息をつく。

「なんでルイがため息をつくんだよ。おれのほうがため息をつきたいよ」

「ほんと、ジュンっておもしろいよね」

二人のやりとりを聞いていたミナが、首をかしげるお得意のポーズでクスッと笑った。

結局ジュンのエプロンは、ミナに手伝ってもらって、間違えて切ってしまった部分をミシンでぬい合わせた。ミナは器用で、家庭科が得意だ。算数も得意で、ジュンはよく教えてもらっている。ミナは教え方がうまい。

放課後、帰り支度をしていると、

「今日は『火曜日ごはん』だよ。みんな、来る？」

と、ルイが声をかけてきた。

「今日のメニューはカレーだよ。うちのママも手伝いに行く予定なの」

ミナが言う。ミナの家はカレー屋さんだ。

「ミナんちのカレーなら、おれも行こうかな。めっちゃ食べたい」

火曜日ごはんにめったに来ないスカイが言う。ミナんちのカレーは絶品だ。

「ぼくは行くよ。ニコルも連れていく」

レオンが答える。ニコルというのは、レオンの妹で四年生。

「おれも行く。マリオも一緒ね」

シンだ。マリオというのは、シンの弟で三年生。

ジュンももちろん行く。ジュンは毎週、火曜日ごはんによらせてもらっている。お母さんも承知していて、火曜日の夕飯は、はなから用意されていない。お母さんは自動車部品工場で働いていて、退社後は知り合いの家で家事のアルバイトをしている。帰りはいつも遅い。

「みんな、今日作ったエプロンを着けてきてね。それで、お手伝いをするの。いいアイデアだと思わない？」

ルイができ立てのエプロンを着ける。ルイとミナのエプロンは、おそろいのスヌーピー柄だ。

「ジュンのエプロンは、少し短いけどな」

シンが笑う。ジュンのエプロンは、切ってしまったところをぬい合わせたため、柄もおかしなことになっているし、長さも当然短くなった。どうして、こんなところを切ってしまったのか、自分でもさっぱりわからない。

「まあ、それがジュンらしいってこと」

レオンがにこやかに言って、ジュンの肩にポンと手を置いた。レオンにそうされると、まるで先生に励まされているみたいだ。やっぱり年をごまかしてるに違いないと、ジュンはひそかに思った。

2 夕方の気持ち

ルイの家の隣には、古い空き家がある。昔、ルイのひいおじいちゃんとひいおばあちゃんが住んでいた家だ。ジュンとルイは保育園のころからの幼なじみ。ジュンは、ルイのひいおじいちゃんとひいおばあちゃんのことも、少しだけ覚えている。二人とも背中が丸まっていて、とても小さかった。

ひいおじいちゃんとひいおばあちゃんが亡くなって、しばらくそのままになっていた空き家を改装して、今は「ひいばあちゃんち」という名前のレンタルスペースになっている。

ここで毎週火曜日、ルイのお母さんたちが夕食をふるまってくれる。火曜日ごはん、と呼んでいる。たいてい、カレーとかビーフシチューとかホワイトシチューとかハヤシライスとか中華丼とか豚丼とか焼き鳥丼とかチャーハンとか焼きそばとか、一皿でおさまるメニューが多い。

子ども食堂と呼ぶ人もいるけれど、それとは違うとルイのお母さんは言う。ただの趣味、ただのヒマつぶし。決して、子どもたちのためにやってるわけじゃないのよ、と。ルイのお母さんがそう言えば言うほど、子どもたちのためにやってるんだろうなとジュンは思う。

午後六時からのスタートだけど、今日は手伝いをするから、学校が終わったらすぐに集合することになった。ジュンが到着したときには、みんなすでにそろっていた。

スカイ、シン、レオン、ルイ、ミナ。スカイ以外は、火曜日ごはんの常連で、いつもつるんでいる仲間だ。レオンの妹のニコルと、ルイのお姉さんのアン、シンの弟のマリオもいる。

「いらっしゃい」

「こんにちは。お邪魔しまーす」

「ジュン、今日もいい顔ね」

ルイのお母さんが、親指を立てる。ルイのお母さんはいつもにこにこしていて、それでいてビシッとしている。うちのお母さんと仲良しで、なんでもかんでもつつぬけだからへたなことはしゃべるまいと、毎回思うことをジュンは今日も肝に銘じる。

でもきっと、ルイが学校のことはべらべらとしゃべっているはずだから、なんにしたってバレてるんだろうけど。

室内にはスパイスのいい香りがただよっている。ミナんちのカレーは最高だ。ジュンはさっそく、今日作ったエプロンを着けた。

「ジュン、そのエプロンいいわね」

ルイの姉のアンが、ジュンのエプロンを指さす。

「間違えて切っちゃったんだってね。ルイから聞いたわ。ショート丈でかっこいいじゃない」

ほら、やっぱり。ルイがもう全部しゃべってる。アンは、中学二年生。ジュンは幼いころから、アンとルイとよく遊んでいた。お母さんの帰りが遅いときは、ルイの家で待っていることもあった。だからアンは、ジュンにとっても姉のような存在だ。同い年のルイも、同級生というよりは姉貴みたいだけど。

「ジュン、手伝いはいらないみたい。カレー、もうできてるってさ」

ルイが首をすくめた。

「げっ、レオンのやつ、宿題持ってきてるじゃん」

スカイが目を丸くして言う。レオンは、宿題の算数ワークを広げている。

「早くやっちゃおうと思って」

レオンがカリカリとえんぴつを動かす。

「おれも持ってきたぜ」

シンもリュックサックからワークを取りだした。

「わっ、シンまで?」

「スカイ、あんたなに言ってんの? ここはそういう場所なんだけど」

「そういう場所ってなんだよ。宿題をする場所か?」

「そうよ。みんなで勉強をしたり、宿題を教え合ったりする場所」

「カレーを食う場所だと思ってたぜー」

冗談っぽく返したスカイを、ルイはあきれた顔でスルーした。見れば、ミナもルイもちゃんとワークを持ってきている。

「すらすら解いててすごいじゃん」

ジュンがシンに声をかけると、すらすらじゃなーい、とシンがえんぴつを置いた。

「ひねりだしてやっとこさ、って感じ。自分の頭がいやになるよ」

そんなふうに言ってニカッと笑う。シンが笑うと、左のほっぺたの上のほうがきゅっとくぼむ。シンは、地区のサッカーチームに入っている。スポーツ全般が得意で、おもしろくてかっこいいから、モテる。クラスでもシンのファンは多いだろう。

シンとの出会いは、小学校の入学式だ。

「おれ、シン!」

と、隣に並んだジュンに勝手に自己紹介してきた。ジュンがなにも言わないと、また「おれ、シン！」と言った。無視していると、「おれ、シン！」と何度も何度も言ってきた。面倒くさくなってジュンは、うん、とうなずいた。

「名前は？」

「ジュン」

「ジュン！　おれたち友達な！」

そう言ってシンはニカッと笑って、ジュンの肩を引きよせたのだった。そんなことをされたのははじめてだったから、ものすごくびっくりしたことを覚えてる。

その日から、ジュンはシンと仲良くなった。シンはジュンの家によく遊びに来た。呼んでもいないし、遊ぶ約束もしてないのに、遊びに来た。当時はまだ、ジュンのおじいちゃんとおばあちゃんは生きていて、二人ともシンのことをたいそう気に入っていた。

シンは素直で礼儀正しくて、大人が好きになる子どもの代表選手みたいだったから当然かもしれない。シンは小さいころから、だれもが好きになってしまう笑顔を持っていた。

早くにお父さんを亡くしたジュンは、当時おじいちゃんとおばあちゃんに甘やかされていた。一年生のころのジュンは、わがまま放題のやんちゃ小僧だった。

だれかに話しかけられたら、憎まれ口で返すことが当たり前だと思っていたし、なにか聞かれたら反対のことを返すのが正解だと思っていた。好き？　と聞かれたら、きらい。きれいだね、と言われたら、きたない、みたいな。

「シンちゃんはいい子だねえ」

と、おじいちゃんとおばあちゃんがシンを見て言うたびに、「いい子じゃないよ」とジュンは反発した。でも心のなかでは、おじいちゃん、おばあちゃんと同じ意見だった。やさしくて明るくて、足が速いシン。ジュンと同じで、勉強が苦手なところも好きだった。

おじいちゃんは、ジュンが二年生のときに死んでしまった。おじいちゃんが病気になって夏に亡くなると、おばあちゃんもおじいちゃんのあとを追うように、冬の訪れを前に旅立った。きっとおばあちゃんは、あの世に一人でいるおじいちゃんのことが心配だったんだろう。

「まさか、ジュンは持ってきてないよな？」

スカイに聞かれて、ジュンは正直にうなずいた。宿題のことなんてすっかり忘れてた。

「ジュン、また忘れたの？　宿題は必ず持ってきてって、いつも言ってるじゃない。まったく、しょうがないわね。家が近いんだから取りに行ってきなよ。食事までまだ時間あるし」

うんざりしたように、ルイが言う。

「家でやるからいいよ」

「やらないから言ってるんでしょっ」

「やるって」

「毎回忘れて、先生に怒られてるじゃない」

ルイがジュンをにらむ。

「おお、こわっ」

スカイが顔をゆらして、ぶるぶると震えるまねをした。

「スカイはだまってて。あんたはこんな宿題お茶の子さいさいだろうけど、ジュンは人の十倍、時間がかかるんだから」

「そんなにかからないよ。せめて三倍」

「三倍でも相当だから」

「てかさ、お茶の子さいさい、ってなに?」

「そんなことも知らないの?　お安いご用、ってことよ」

「はあ?」

「要は、とても簡単、ってこと」

だったら最初からそう言えばいいのに、と思う。

「ルイって、うちのお母さんにそっくりだな」

「へんなこと言ってないで、さっさと取りに行く。ほら！」

ルイが追い立てるように、シッシッと手をはらう。ほんと、うちのお母さんにそっくりだ。口うるさくておせっかい。

「わかったよ。取ってくればいいんだろ。うるさいなあ」

「うるさいってなによ。ジュンのことを思って、言ってあげてるんじゃない」

「ハイハイ、ありがとうございますよ」

家にもどるのは面倒だけど、宿題を持ってきて、ここでみんなに教えてもらったり、写させてもらったりしたほうが確かによさそうだ。

「一緒に行ってやるよ」

スカイが言う。

「いいよ、一人で大丈夫。近いし」

「近いから行くんだよ。ヒマだしな。ほら、それに、We Canが出没するかもしれないし」

「あはは、We Canかあ」

We Canというのは、このあたりをうろついているおじさんのことで、みんなから不審者扱いされている。We Canに追いかけられたとか、つばをはかれたとか、おしりを見せられたとか、本当だかうそだかわからないうわさが数多くあって、過去に学校からのメールでも注意喚起が出されたことがある。

スカイと二人で外に出る。九月半ば。だらだらと楽しく過ごした長い夏休みは、あぶくみたいに消えてなくなった。

「あー、冬休みまでは、まだまだ先だなあ」

「なに言ってんだよ。夏休みが終わったばかりだろ」

「だから冬休みが待ち遠しいんだよ。あれ？　スカイ、また背がのびてない？」

「ジュンがちっちゃくなったんじゃないの」

「ちょっとお」

眉を下げてジュンが言うと、冗談冗談とスカイは笑った。この夏で、スカイの身長はまたのびた。レオンよりも高いだろう。スカイはやせていてシュッとしてて、おろしたてのえんぴつみたいだ。

「今日バスケは？」

「バスケは月水金。今日は火曜だから休み」

スカイはバスケットボールのクラブチームに入っている。スカイの試合を見たことがないけど、めっちゃうまいと聞いたことがある。

「スカイって、家で勉強してるの？」

「してない」

「してないのに、どうして勉強ができるの？」

「塾に行ってるからじゃね」

そうだった。スカイは塾に通っている。

「ほんとは今日、塾だったけど休んだ」

「休んでいいの？」

「だって、塾よりミナんちのカレーのほうがいいだろ」

そりゃそうだと、うなずいた。塾は、火・木・土だそうだ。日曜以外のスケジュールが決まってるなんて、芸能人みたいだ。


二階建ての古い一軒家。青い瓦屋根がジュンの家だ。昔は、ここにおじいちゃんとおばあちゃんとお父さんがいて、五人家族だった。

「おい、ジュン、布団が干しっぱなしじゃないか」

ベランダに干してあるかけ布団を、スカイが指さす。

「あ、そうだ。取りこんでおいてってお母さんに頼まれたんだった」

「もう日がかげっちゃってるけどいいのか。洗濯物も干しっぱなしだぞ」

「ヘーキ、ヘーキ」

「おれはここで待ってるから、さっさと洗濯物を片付けて、ワーク持ってこいよ」

そう言ってスカイは、スマホをいじりはじめた。ジュンはポケットから家の鍵を出したけど、鍵は開いていた。また鍵をかけ忘れたらしい。お母さんにバレたら大目玉だ。

二階へあがって、布団と洗濯物を取りこんだ。台所の流しに、朝の食器がそのままの状態で置いてあったけど、それは見て見ぬふりを決めこむ。

「お待たせ」

「ルイの言った通り、一回家にもどってよかったな」

確かに、布団と洗濯物が干しっぱなしで、鍵も開けっぱなしだったのがお母さんにバレたら、でっかいカミナリを落とされるところだった。朝食の食器だけのお小言だったら、軽い軽い。

「日が短くなったなあ」

夕暮れを過ぎて、外は夕闇色だ。

「これからの季節って損だと思わない？」

ジュンは空を見上げてため息をついた。

「なんで？」

「まだ六時前だってのに、こんなに暗いじゃん。時間泥棒にやられたって感じ」

「それを言うなら、太陽泥棒だろ？　時間は変わらない」

「さすがスカイ」

近ごろ急に、夕方が来るのが早くなった。一日が短くなったみたいで、ジュンはつまらない。

そもそも夕方は苦手だ。ちょっとあせる気持ちになる。ううん、あせるっていうのとも、なにか違う。心臓のあたりがきゅうっとなって、なつかしいみたいなやさしいみたいな、そのくせ、もう全部イヤみたいな、いてもたってもいられない気持ちになる。知らないだれかに、胸のなかをスプーンでぐるぐるとかき回されているみたいだ。

そして、かき回された胸の真ん中にはいつもお父さんがいる。お父さんは、ジュンが四歳のときに交通事故で死んでしまった。夢に出てくるお父さんは、アルバムのなかのお父さんだ。ジュンを抱っこするお父さん、ジュンとお風呂に入るお父さん、ジュンを肩車するお父さん。写真のなかのお父さんは、若くてかっこいいままだ。

ジュンが小さいころ、お母さんは絵本を開く代わりにアルバムをめくった。

「これはディズニーランドに行ったとき。ジュンはまだ身長が足りなくて、乗り物にはほとんど乗れなかったのよ」

「これははじめての海水浴。パパが抱っこしてくれて、一緒に海に入ったの。波がもどるときに砂も引いていくでしょ。ジュンはそれが怖くって、大泣きしたの」

「これは回転ずしに行ったときね。このころ、ジュンはかっぱ巻きが好きだった。パパはマグロが大好きでマグロばっかり食べてたんだよ」

と、はってある写真を一枚ずつ説明していった。だからジュンは、お父さんのことをよく知っている気になっている。実際に自分の頭で覚えているのか、写真を見て記憶が上書きされたのか、どっちなのかはわからない。

でも、お父さんと夕方に手をつないで散歩をしたことだけは覚えている。川沿いの土手を、夕陽に向かってゆっくりと歩いた。遠くでカラスが鳴いて、買い物袋を持つ人やスーツ姿の人たちが、足早にジュンたちを追い越したり、すれ違ったりした。

お父さんが死んで五人家族が四人になって、おじいちゃんが死んで三人になって、おばあちゃんが死んで二人になった。今はお母さんとジュンだけだ。

「なあ、あそこにいるの、シンのお父さんじゃないか」

スカイが公園の向こうに目をやる。キャップ帽を目深にかぶった男の人が見える。ここからだとはっきりとわからないけれど、シンのお父さんによく似ていた。

「シンのお父さん！」

ジュンは大きな声で呼んでみた。

夏休み、シンのお父さんは河原でバーベキューをしてくれた。Tシャツを脱いで、肉を焼く姿はかっこよかった。小柄なのにきゅっと引きしまった体つきで、スポーツ選手みたいだった。

「シンのお父さーん！」

ジュンはさっきより大きな声で呼んでみた。シンのお父さんらしき人は、きょろきょろとあたりを見回していた。声の出どころがわからないみたいだ。

「聞こえないのかな、もう一回……」

と息を吸ったところで、スカイに止められた。

「人違いかもしれない。やめとこう」

ジュンはうなずいた。人違いだったらはずかしいし、シンのお父さんだとしたら、絶対にすぐに気づいてくれるはずだから、たぶん違うのだろう。

「急ごうぜ。カレーの時間になっちまう」

スカイが走りだす。

「待ってよ」

ジュンも追いかけるように足をくりだした。いつの間にか、空はますます暗くなっていた。でもジュンの心は、空の暗さと反比例するように、明るく穏やかになっている。さっきまで胸の真ん中にいたお父さんが姿を消したから、心は凪いでいる。

夜の出番になれば大丈夫なんだな、とジュンは思う。あのころの記憶を呼び起こす、夕方特有のピンク色やオレンジ色の空や、そのまわりにある透明の紺色を重ねたような空が、自分を妙な気分にさせるのだと。

少しだけ期待していた、We Canは結局現れなかった。

3

火曜日ごはんの気持ち

「遅い！　もう配膳終わったよ」

おかえりもなく、玄関で仁王立ちしていたルイに言われる。

「エプロン持ってきたのに、意味なかったじゃない」

フンッと鼻息をひとつはいて、ルイはズンズンとなかに入っていった。

「ルイっていつも怒ってるよな」

ジュンが肩をすくめると、スカイは眉を上げた。

「でもさ、玄関で待っててくれたんだな。おれたちが帰ってくるのを」

言われてみればそうだ。

「素直じゃないな、ルイは」

スカイはおどけたように笑って、ジュンの肩に手を置いた。

カレーは絶品だった。お母さんが作る家のカレーと、同じ料理とは思えない。はじめて、ミナの店でカレーを食べたときの衝撃は忘れられない。

　小学三年生のときだ。最初はスープかと思った。おそるおそる口に入れて、そのからさにむせた。こんなのカレーじゃない、食べられない、とジュンはお母さんに文句を言った。お母さんは眉間にしわをよせて、ジュンの耳をきゅっと引っぱった。

　きっとお母さんは、お店の人にジュンの声が聞こえるのがいやなんだろう。そう思ったら、もっと文句を言いたくなった。

「だまって食べなさい」

　もうひと口だけ食べてまずかったら、はっきり言ってやろうとジュンは決めて、黄色い絵の具を水で溶いたみたいなカレーを口に入れた。ほら見ろ、と飲みこんだとき、ん？と首をかしげた。大丈夫だった。もうひと口。なんだかおいしかった。やけにあとを引いて、次々と口に入れた。細長い黄色いごはんもおいしかった。気がついたときには全部平らげていた。

「お母さんのカレーの百倍おいしい！」

　正直に言ったのに、またお母さんに耳を引っぱられたのだった。

　あれから、なんべんもミナんちのカレーを食べているけれど、何度食べてもまったく飽きない。むしろ、もっともっと食べたくなるから不思議だ。

「本当においしい。なんでこんなにおいしいんだろ」

「カレーはスパイスだから」

ミナが言う。

「どうせなら、ナンかサフランライスがよかったなあ」

ジュンがつぶやくと、地獄耳のルイに「ぜいたく言うんじゃないわよ」とにらまれた。

「食べたら、さっさと宿題やりなさいよ」

「ハイハイ」

片付けをしている間にも、何人かやってきた。子どもは無料で大人は五百円だけど、それぞれの事情があるからと、正確には決めていないらしい。低学年の兄弟だけで訪れる子たちもいる。帰りは全員、大人が送っていくことになっている。今日は三十人くらいいるだろうか。

「あー、もうみんな、宿題終わっちゃったのかあ……」

シンもレオンもワークを片付けて、遊びはじめている。

「スカイ、頼むよ」

スカイに手を合わせた。スカイならこんな宿題、朝飯前だ。

「とりあえずやってみろよ。わからなかったら聞いて」

そう言い残して、スカイはレオンと野球盤ゲームをやりはじめた。ちぇっ。全部わからないから頼んでるんだけどな。ジュンはしぶしぶと問題を読む。

「次の比の値を求めなさい……？　なんだこれ……」

算数は苦手だ。足し算と引き算と掛け算と割り算でいっぱいいっぱい。って、実はそれもあやしいんだけど。

「どう？」

ミナがジュンの手元をのぞきこむ。

「ミナさま、お願いします」

ジュンは手を合わせた。救世主現る、だ。

「ほんっと、調子いいんだから」

ミナとしゃべってるのに、なんでルイが口を出すのか意味不明。

「最初の問題、6：2　はわかるでしょ」

「6÷2ってことでしょ」

「そう、正解！　できるじゃない。ジュン、すごいよ」

ミナがおおげさにほめてくれる。

「うん。そう教わったからわかるけど、比の値っていう意味がわかんない。比って、比べるってことでしょ。6対2ってことだよね。約分して3対1になるのはわかる。でも、なんで割るのかがわからない」

「比の値を求めなさい、っていう問題だから、割り算で答えを出すの。比を簡単にしなさい、っていう問題だったら約分するの」

「そもそも比の値ってなに？　日本語おかしくない？　比を割る必要なんてあるの？」

ジュンが聞くと、ミナは唇をつきだして、うーんとうなった。

「おい、ジュン」

スカイだ。

「比の値っていうのは、左の数字、つまり6が、右の数字の2の何倍かになっているか、ってことだ」

「うん。だから、それはなんで？」

「ニシダジュンってのは、お前の名前だろ」

「もちろんそうに決まってる」

「このえんぴつは書く道具だ」

「当たり前」

「右向け右の号令がかかったらどうする？」

ジュンは立ち上がって、体育で習った動きをして見せた。

「そう、その通り。それと同じで、比の値っていうのは、左の数字÷右の数字ってこと。これは、もう決まってることなんだ」

「えっ？　そうなの？　決まり事？」

「そう。だから、比の値っていう言葉の意味をジュンが考える必要はない」

「なーんだ。それならそうと早く言ってよ」

これですっきりした。比の値の意味を考えなくていいのなら、式に当てはめていくだけだから簡単だ。

「ジュンって、へんなところが気になるんだね」

ミナがつぶやく。

「ああ、ジュンは目のつけどころが人と違っておもしろい」

「ミナ、スカイ。比の値の意味はわかったけど、次の問題がわからない。4：20って、4÷20だよね？」

「そうだよ、ジュン」

ミナが親指を立てる。

「できない。だって、割れないじゃん」

ジュンが唇をとがらせると、

「割れるよ！」

と二人は声をそろえて、ため息をついた。

ミナに4÷20の解き方を教えてもらい、そのあとは分数の割り算を一から教えてもらった。前に習ったような気がするけど、どうしてすぐに忘れちゃうんだろう。

「すぐに忘れるのは、復習しないから！」

いつの間に来たのか、ルイがまた口を出す。ジュンの胸のうちを読んだような言葉に一瞬ビビったけど、ルイのことはとりあえず無視。ミナに続きを教えてもらって、宿題はなんとか終わった。

シンとレオンはオセロをしていた。黒色のレオンが優勢だ。

「うわっ、また角を取られたあ」

今の手で、四隅すべて黒色になった。白色のシンが頭を抱える。

「レオン強すぎ。この勝負、おれの負けだー」

まだゲームの途中だったけれど、シンは降参して白色の石を片付けはじめた。

「一回ぐらい勝ちたいなあ」

シンがぼやく。

ジュンは、シンとトランプのスピードをやった。六回やって、全部ジュンが負けた。

今度はレオン、シン、スカイ、ジュンの四人で、ジュンの得意な大富豪をやった。二回やって、二回ともスカイが一位で、ジュンは二位だった。

「ちぇーっ、おれが一番になれるゲームないのかよう。あっ、そうだ。ババぬきやろう、ババぬき！」

ババぬきなら、運任せだから可能性はある。ルイとミナを入れたいつものメンバー六人で、ババぬきをすることになった。ルイが配り、ジュンのところには八枚のカードが来た。二組そろったから、手持ちは四枚。ジョーカーはない。

「なにニヤニヤしてんだよ」

スカイがジュンの顔を指さす。

「ジュンのところに、ジョーカーは来なかったんだな」

シンが言い、めっちゃわかりやすいな、とスカイが笑う。

「いや、もしかして、ジュンがジョーカーを持ってるんじゃない？　それを隠すためにニヤニヤしてるんだよ、きっと」

「そうかも！　前にババぬきやったときも、ジュンがニヤニヤしてて、結局最後までババを持ってたんだよね」

ルイとミナが言い合う。

「人の顔で勝手に決めるな」

ジュンは顔を引きしめた。油断大敵だ。ジュンの右側はレオンで、左側がミナだ。ジュンはレオンのカードを引いて、ミナに取らせる。

一巡目。レオンから引いたカードは、スペードの3で手持ちのカードとは合わなかった。ミナが引いたのはダイヤの6で、すぐさまミナは「合った」と言って、ハートの6と一緒に出した。

二巡目。レオンから引いたハートのジャックを、そのままミナが引いて合わせた。ミナの手持ちカードはこれで三枚になった。

三巡目、また合わなかった。四巡目も合わなかった。レオンの手持ちは三枚だ。ヤバい。次こそ合いますように！　ジュンは強く念じてカードを引いた。

うぐっ。喉がつまった。思わずむせて胸をたたく。ジョーカーが回ってきたのだった。

レオンは、にっこりとジュンを見ている。

「どうしたの？　急にむせたりして」

ルイがけげんな顔でジュンをのぞきこむ。

「もしかして、ジョーカーが回ってきたんじゃね？」

シンが目を見開く。

「な、なに言ってんだよ。そんなわけないだろっ」

ジュンはなるべく表情を消して、カードを切った。ミナにジョーカーを取らせるのだ。

ミナは左はじばかりを取るから、ジュンはジョーカーを左はじに移動させた。

「どーれーにしーようかーな」

ミナが首をかしげながら、五枚のカードを一枚ずつ指さしていく。

「これ！　これにする」

そう言ってミナが取ったのは、左から二番目のカードだった。なんでそうなる。次で必ずジョーカーをミナに取らせるぞと、心に決める。

「なんでおれだけそろわないんだ。まだ一枚も合ってない」

「ジュンだけじゃないよ。おれもまだ一枚も合ってないぞ」

シンが言う。

次のターンでレオンは一枚になった。カードを切って、今度は右はしにジョーカーを置いた。いや、待てよ。さっき左から二番目だったから、次も左かもしれない。カードをまぜて、ジョーカーを左はじに移した。ミナは、うーんと、と悩みながら、

「これ！」

と、右はしにあるクローバーのエースを取った。

「合った！」

ミナのカードは残り一枚。シンがそのラスト一枚を取って、ミナはあがった。

「やったあ、いちあがり！」

ミナの優勝。ちぇーっ、と思わず声が出る。

次のターンで、ようやく一組カードが合った。これで手持ちは三枚。うち一枚はジョーカーだ。なんとしてもシンに引かせたい。ジュンは、ジョーカーを真ん中に入れた。

シンは少し迷った末に、スッと真ん中のカードを引いた。やった！　ジョーカーを引いてくれた。

「くそお！」

シンが叫んで、みんなで爆笑となる。

「シンってほんと正直」

ミナが言う。シンがやみくもにカードを切る。

それからどうなったかというと、最終的にジュンとシンの勝負となった。ジョーカーは二人の間を行ったり来たりして、またジュンの手元にもどってきたところだ。ジュンは二枚、シンは一枚。

「どっちにしようかな。うーん、こっちだ！」

シンが右側のカードをぬいた。

「あがりっ」

ペアになったダイヤの4を、シンがシュッと場に投げた。

「マジかー」

ジュンは天井を仰いだ。

「結局、ジュンがドンケツだね」

「今日はツイてない。あー、ツイてない」

帰りはルイのお母さんが送ってくれた。ジュンのお母さんはすでに帰宅していて、ルイのお母さんと玄関先で少し話をしていた。

ジュンはその間にさっさと風呂に入って、布団にもぐりこんだ。朝の食器を洗わなかったことをガミガミ言われたらかなわない。

目を閉じたら、最後までジュンの手元に残っていたジョーカーの顔が浮かんできた。こっちを見て大きな口で笑っている顔だ。次こそ勝つぞ、と思っていたら、いつの間にか眠りに落ちていた。

4 仲間の気持ち

書写は苦手だけど、書道の河原崎さんが指導に来るときは楽しい。河原崎さんは、六十歳ぐらいの男の人で、いつも作務衣を着て足袋をはいている。長くて少ない髪をゴムで結んでいて、そんなに引っぱったら残りの毛がぬけてしまうのではないかと、ジュンはひそかに心配している。

「今日は『仲間』という字を書きます。ええっと、教科書の三十一ページ」

みんなが書写の教科書を開く。

「おお、この手本は上手だなあ。上手だけど、つまらんね」

そう言って、河原崎さんが教科書をポンと放った。

「前も伝えたかと思うけど、君たちにはつまらん字を書いてほしくない。上手、へたじゃない。君そのものの字を書くんだ。いいね」

クラスが小さくどよめく。

「『君そのものの字』ってなんですか？」

スカイが手をあげて聞いた。ナイスな質問だ。みんなもうなずいている。

「スカイ。そんなこともわからないの？」

と立ち上がったのは、ルイだ。

「一人ずつの持ち味ってことよ。お手本をまねするだけじゃなくて、その人にしか書けない字を書くってこと」

「ふうん、なるほどね」

スカイが口をとがらせながら適当にうなずく。ルイとの会話が面倒になったようだ。

「じゃあ、どんなにへたくそでもいいってこと？　なんでもアリってことだよな」

オオモリが割りこんできた。

「そんなこと言ってないでしょ」

「じゃあ、なんだよ。知ったような口をきくなら、もっと具体的に説明しろよ」

オオモリは、ルイの天敵だ。ルイとスカイもしょっちゅう言い合いをするけど、それは仲がいい証拠。ルイとオオモリは犬猿の仲なのだ。

「一人一人の持ち味って言ってるでしょ。へたくそとかなんでもアリとか、そんなこと言ってないじゃない。人の話をよく聞きなさいよ」

「だから、それを具体的に説明しろっての。できないならだまってろよ」

「はあーっ!? なにその言い方！」

ルイが猛然(もうぜん)とオオモリに向かって行こうとしたとき、

「はいはい、ストップストップ」

と、宇野(うの)先生が手を打った。

「話し合うときは、大きな声を出さないこと。いつも言ってるでしょ」

先生の言葉に、ルイは目を閉(と)じて大きく息をはきだしたあと、すみませんでした、と小さく謝った。

「でも、オオモリくんの言い方にも問題があったと思います」

ルイが続ける。

「そうね。だまってろ、なんて命令口調はよくなかったわね」

「すみません」

ムッとした顔で、今度はオオモリが謝る。

「とにかく今は書写の時間です。『君そのものの字』については、河原崎(かわらざき)さんに聞いてみましょう。どうぞよろしくお願いします」

「えっ、わたし？」

ルイとオオモリの言い合いを愉快そうに聞いていた河原崎さんが、自分の胸を指さす。

「ええっと、そうだねえ。一人一人の持ち味っていうのは、いいね。手本通りじゃなくていいんだ。うまい、へた、という問題じゃない。でも、適当に書くのはいただけない。書くときだけは集中してやってほしい。君たちの心を書いてほしいんだ」

河原崎さんの言葉に、「今度は心かー」とオオモリが大きな声を出して、クラスは微妙な失笑に包まれた。河原崎さんの言いたいことは、少しだけわかる気がするけど、でもやっぱりむずかしい。

「頭で考えるより筆を動かしたほうが早い。頭より身体のほうが正直だからね」

河原崎さんの言葉にまたみんなの顔がクエスチョンマークになったところで、それぞれが準備にとりかかった。

ジュンは字がへたくそだ。ミミズみたいな字だね、とお母さんに言われるし、先生にはていねいに書いてくださいと毎回注意される。自分で書いたノートを読み返しても、なんて書いてあるのかわからないときがある。一文字ずつ書くのが面倒くさくて、つい流して書いてしまう。だから、とめ・はね・はらいの書道は、はっきり言って苦手だ。

「おお、いいねえ。これが君にとっての『仲間』だね。やさしくていつも一緒、っていう感じかい？」

シンのところを回っていた河原崎さんが、シンの書いた字を見て言った。

「ええっ⁉」

シンが大きな声をあげる。

「ん？　どうしたの、びっくりした顔して」

「先生が言ったことがドンピシャだったから、びっくりしちゃって」

「わたしが言ったことがドンピシャなのではなくて、君が書いた字がドンピシャってことだよ」

シンはびっくりした顔で、河原崎さんの顔をまじまじと見つめている。

「おれって、すごくない？　おれの書いた字が、やさしくていつも一緒、ってことを表してるなんてさ。おれって、もしかして天才じゃね？」

シンが大きな目をさらに大きくしてみんなを見て、教室内は笑い声に包まれた。

「そう、君はすごいんだぞ」

河原崎さんがシンの肩に手を置く。

「なんか、たき火をしたときみたいに、胸の真ん中がポッと熱くなった！」

シンの言葉に、またみんなが笑った。シンは人気者だ。明るくて愉快で、いつも笑ってる。シンのそばにいると、こっちまで自然と笑顔になる。

「おや、君は左利きだろ」

河原崎さんがスカイのところに来た。

「なぜ右で書く？」

「習字は右で書けって言われました」

「そうか。で、君は右と左だとどっちが書きやすいんだ？」

「左です。ノートに書くときも、箸を持つのも、ボールを投げるのも左です」

スカイは右手で持っていた筆を置いて、左手をひらひらとさせた。

「じゃあ、左だ。左手で書けばいい。そのほうが君らしい」

河原崎さんの言葉に、スカイはひょっとこみたいに口をとがらせて、「おれらしいんだってさ」とだれに向けてかわからない同意を求めた。


今日書いたなかで自分がいちばんいいと思う一枚を提出することになり、ジュンはこれぞ、という一枚を提出した。「間」が小さくなってしまったけれど、「仲」はとてもうまくいった。少しはなして見ると、角ばったジャングルジムみたいでなかなかかっこよかった。

ミニＳＬにまたがったお父さんが、向こうからやって来る。線路の上でバランスを取りながら、ジュンに向かって手をふる。

「おーい、ジュン。なにしてる？　学校楽しいか？」

お父さんがうれしそうに聞くから、ジュンもうれしくなる。

「おれもそれに乗りたい」

「これはお父さんのだからな。ジュンの電車はそっちにあるぞ」

そう言ってお父さんが、少しはなれた場所にある、もう少し大きい電車を指さす。

「やだ、お父さんが乗ってるやつがいい」

「ジュンはわがままだなあ。お母さんにもわがままを言ってるんじゃないか？」

「言ってないよ」

「そうか？　それならいいけど」

お父さんはミニＳＬに乗って、ぐるぐると小さな線路を回りはじめた。ジュンももうひとつの電車にまたがった。スタートボタンはどこだろう。

「お父さん、これどうやって動かすの？」

顔を上げたら、もうお父さんはいなかった。ミニＳＬも消えていた。

「お父さん、どこ！　お父さん！」

ジュンがまたがっている電車が、しずかに動きだした。

またお父さんの夢を見た。この間見たばっかりなのにへんなの、と思う。

「おはよ、ジュン。自分から起きるなんてめずらしいじゃない」

台所に行くと、お母さんが朝食の支度をしていた。

「お父さんの夢見た」

言うつもりはなかったけど、ふいに口をついて出た。

「あらー、そうなの。それはよかったわねえ。こないだお彼岸のお墓参りに行ってきたからかしらね」

うれしそうだ。

「お父さん、元気だった？」

「うん」

「なによりね」

「お母さんは、お父さんの夢を見ることある？」

「最近はないわねえ。亡くなって三年過ぎたころに一回見たかも」

お母さんは朝食の支度の手を止め、和室の仏壇の前に座った。

「パパ、ジュンが夢を見たんだって。父親冥利につきるわねえ」

言いながらお線香に火をつけて、景気よくお鈴をチーンチンと三回打った。

「おじいちゃん、おばあちゃんの夢はある？」

お母さんに聞かれ、この間のみかんの夢に出てきたなと思って、ジュンは「ある」と答えた。

「へえ、いいわねえ。ところでジュンは、わたしの夢は見たことあるわけ？」

「お母さんの夢？　なんで？　見るわけないじゃん」

お母さんは、はあーっ、と大きなため息をついて、「聞いた？」と、仏壇のなかに立てかけてあるお父さんの写真に向かって言った。

「一生懸命一人で育てているのに、夢にも登場させてもらえないのよ。さっさと死んだ人たちは役得ねえ。でもさ、生きてるほうが強いのよ。わかる？」

べらべらとお母さんは写真に向かってしゃべり、

「ほら、あんたもお線香あげなさい」

とジュンを見てあごをしゃくった。ジュンは言われた通りにお線香をあげて、チンチーンとお鈴を鳴らした。

夢のなかでリアルだったお父さんは、仏壇の写真のなかでは死んだ人みたいで、実際に死んでるんだから当たり前なんだけど、なんだかへんな気持ちだった。

「ジュン、漢字の宿題、やってきたでしょうね？　今日、小テストあるのわかってるよね？」

げた箱で会ったルイに、いきなりまくし立てられる。

「やったに決まってる」

そう返して、ジュンは急いで教室に向かった。漢字の宿題なんてすっかり忘れてた。ジュンは猛スピードで書き取りの宿題をやっつけた。いつも以上に、にょろにょろの字になった。

「なにが書いてあるのかさっぱりわからないです。今、あわててやったのかしら」

先生にはすぐにバレた。

「あら。昨日、具合でも悪かった？」

めずらしく宿題を忘れたシンに、先生が声をかける。シンも勉強は苦手だけど、宿題を忘れたりはしない。シンは小さく首をふった。

「ちょっと顔色がよくないみたいね。大丈夫？」

確かに元気がなさそうだった。

「保健室に行く？」

「……いいです、大丈夫」

シンはまた小さく首をふった。

その日、シンは一日中元気がなかった。あてられた音読も蚊の鳴くような声で、ほとんど聞こえなかったし、いつもおかわりする給食もおかわりしないで、逆に残していた。

シンがしずかだと、クラスの雰囲気もおとなしくなる。

「シン、どうかした？」

昼休み、普段はだれよりも早く運動場にかけていくのに、シンは席に座ったままだ。

「シン。シンってば」

「えっ？」

スカイの声も聞こえなかったようだ。

「なんかあった？」

「……べつになにもないよ」

「サッカーやりに行かないの？」

ミナが聞いても、シンは力なく首をふった。だれが話しかけても上の空で、そのうちに教室から出ていってしまった。

五時間目はシンの大好きな体育だったけれど、いつものシンとは別人だった。とび箱の四段をとべなかったシンなんてはじめてだ。

帰りの会が終わると、シンはだれにも声をかけずに、だれとも目を合わせずに、一目散に帰っていった。

「シン、どうしちゃったんだろう」

ミナはひどく心配そうだった。ミナはシンのことが好きだ。自分からは白状しないけど、シンと話すときは目がひと回りぐらい大きくなるし、首をかしげるしぐさはかわいさ倍増になるから、みんなにはとっくにバレている。

「ほんと、今日のシンはおかしかったね」

「うん、なにかあったのかな」

ルイもレオンも心配そうだ。

「まあ、だれにだって元気がない日ぐらいあるよ。詮索しないことだね」

スカイの言葉に、みんなだまるしかなかった。


その日、帰宅したお母さんが、ただいまも言わずにジュンの部屋に入ってきて、

「シン、学校に来た？」

と、たずねてきた。夕方から降りだした雨は、まだ降り続いている。ときおり、雨どいにたまった雨が大きな音を立ててバシャンと落ちる。

「来た」

「マリオも来てる？」

「さあ」

ジュンは、スカイから借りたマンガ本を読んでいるところだった。続きが気になっていたマンガの最新刊だ。

「どんな様子だった？」

「まあまあ」

「ところで、ジュンって何歳だっけ？」

「うん」

「あんたの好きな給食なに？」

「そうそう」

「ちょっとジュン！　適当に返事しないでよ、ぜんぜん聞いてないじゃないっ！」

バシッと肩をたたかれた。

「いてっ、なんだよう、いいところなのに」

ジュンはマンガを閉じて、お母さんをにらんだ。

「シンのことよ！」

「シン？　えっ、シンがどうかしたの？」

今日のシンの様子を思い出して、ジュンはマンガ本を置いた。

「シン、今日元気なかったんだ。お腹でも痛かったのかなって思ってたけど、なに？

お母さん、なんか聞いてるの？」

どうやらお母さんは、シンに元気がなかった理由を知っているらしい。

「なにがあったんだよ、教えてよ」

お母さんは急にとぼけて、口をへの字にした。

「ねえってば！」

「……やっぱりいいわ」

「なにそれ」

「ごめんごめん、わたし先にお風呂に入るから」

「自分から言ってきたくせになんなんだよ。ちょっと！　お母さん！」

お母さんはジュンの声を無視して、そのままお風呂に行ってしまった。

「ねえ、お母さんってば！　教えてよ！　教えろー！　教えろー！」

お風呂から出てきたお母さんを待ちかまえて耳元で叫んだけど、知らん顔された。

「もう寝るわ」

そう言って、さっさと布団を敷いて寝てしまった。

自分から話を振っておいてなんなんだ。ものすごく気になるじゃないか。明日の朝、絶対に聞きだしてやる。

シン、一体どうしたんだろう。家族のだれかが病気になった？　ゲーム機を落とした？　財布をなくした？　それぐらいしか思い浮かばない。

もやもやした気持ちを抱えながら、ジュンは眠りについた。

5

不穏な気持ち

翌朝、ジュンはいつもより早起きして、学校に向かった。お母さんに聞いても白状しないので、ルイに聞いたほうが早いと思ったのだ。きっとお母さんは、ルイのお母さんに聞いたに違いない。だったら、ルイも知っているはずだ。

昨日の雨はやんで、空は晴れ上がっていた。真っ白い雲の手前で、薄い灰色の雲が心細そうに動いている。道端にはところどころ水たまりができていた。水たまりをジャンプしたり、たまにわざと入ったりしたりしながら、ジュンは学校へと急いだ。

神社の前の砂利道に大きな水たまりができていて、そのなかに、白くなってぶよぶよにふくらんだミミズが浮かんでいた。助走をつけて飛び越えようとしたけれど、すっかり形が変わったミミズが今にも動きだしてきそうで、ジュンは水たまりをよけておそるおそる脇を通っていった。

三階の教室までかけ上がって、

「ルイ！」

と、声をかけた。

「おはよう、ジュン」

「お母さんから聞いたんだけど、シンのことでなにか知っ……」

そこまで言ったとき、シンがやってきた。ジュンはとっさに口をつぐんだ。シンがいるところでは話したくない。どんなことかはわからないけど、シンの耳には入れたくない。

「おーはーよー！　待ってました、シンくんの登場です！」

いきなりみんなに聞こえるような大きな声を出したのは、オオモリだ。オオモリがシンに朝のあいさつするのを見たのははじめてだったし、そのいやみっぽい声の調子に、教室にいたみんなは何事かと思ってオオモリに目を向けた。

「ねえ、シンくーん」

オオモリが、猫なで声で呼びかける。名前を呼ばれたシンは、恐ろしいものでも見るような表情でオオモリに目をやった。

「シンくーん、ちょっと聞きたいんだけどぉ」

もったいぶった調子でオオモリが続ける。クラスのみんながオオモリに注目していた。

「なあ、自分の父親が警察につかまるってどんな気持ちー？」

水を打ったように教室が静まり返った。

警察につかまる？　なんのこと？

シンは無言で自分の机に行き、しずかに椅子を引いて座った。しばしの沈黙のあと、教室内がにわかに騒がしくなる。

どういうこと？　警察ってなに？　つかまったの？　マジ？　強盗？　人殺し？　まさか！　うそだろ！　でもオオモリが言ったんだぜ。

みんなのざわめきが、やけにはっきりとジュンの耳に届く。

「父親が刑務所にいるのに、息子は学校に来てもいいのー？」

オオモリが声高に笑う。

「オオモリ、だまれよ。それ以上言ったら許さないからな！」

スカイの低い声が響いた。

「おおっ、こわ」

オオモリは両腕を抱え、わざとらしくぶるぶると肩を震わせた。オオモリは端整な顔立ちでスタイルもいいけど、性格が悪い。よって、クラス内でも不人気だ。

ルイは腰に手をあてて、これまで見たことのないような形相でオオモリをにらんでいた。

スカイとミナがシンの元へかけよる。どうやら二人とも、事情を知っているらしい。

「ねえ、ルイ。どういうことだよ」

ジュンはたまらずルイに声をかけた。

「うん、わかってる。ジュンとレオン、ちょっとこっちに来て」

ジュンのうしろにいたレオンも、事情を知らない様子だった。ルイが廊下のはしに、二人を呼びよせる。

「なに？　なにがあったの？」

廊下のすみで、ジュンはルイにつめよった。

「警察につかまったってどういうこと!?」

「大きな声出さないで。落ち着いて」

ルイは胸に手をやって、大きく息を吸って長くはきだしてから言った。

「……あのね、シンのお父さんがね、任意同行されたみたいなの」

ルイが声をひそめながら、けれどはっきりとした口調で告げる。ジュンは少しの間ぽかんとしたあと、レオンと顔を見合わせた。

「……任意同行ってなに」

テレビドラマで、聞いたことがあるようなないような言葉だ。

「任意同行っていうのは、警察から一緒に警察署に来てくださいって言われること」

「言われてどうなるの」

「警察署に行って、取り調べを受ける」

「取り調べってなに？」

「取り調べっていうのは、捜査機関が、犯罪をおかしたと疑う人物や、事件の関係者から話を聞くこと。事情聴取っていうこともある」

「犯罪？」

とんきょうな声を出したのは、レオンだ。

「犯罪って悪いことだよね」

「……うん」

「シンのお父さんが犯罪をしたってこと？」

「そんなのありえない！」

ジュンは一歩前にふみだした。ルイの顔が近くなる。

「犯罪をしたって決まったわけじゃない。事情を聴くだけ」

「なんだそれ!?」

思わず大きな声が出る。

「ジュン、しずかにして」

ジュンは口を結んで鼻から息をはきだしてから、小さな声で聞いた。

「それって一体なんの事情？」

「……窃盗だって」

「窃盗？」

レオンが首をかしげた。

「窃盗っていうのは泥棒のこと。人のものを盗むこと」

「シンのお父さんが？」

「うそ言うな！」

「ジュン、大きな声を出さないでって言ってるでしょ」

「……ごめん」

「事情聴取は昨日で、もうお父さんはもどってきてるみたい」

「そうなんだ！　じゃあ、犯人じゃないってことじゃん。オオモリのうそつき野郎め」

教室にもどろうとしたら、ルイに腕をつかまれた。

「オオモリなんて相手にしたら負け。今はとにかくシンのことが心配」

シンに元気がない理由はこれだったんだ。お母さんが気にしていたことは、これだったんだ。

「シンがかわいそうだ」

苦しそうな顔で、レオンがつぶやいた。

クラスメートの何人かは、今回のシンのお父さんのことを知っているようだった。この小さな町ではうわさがかけぬけるのが驚くほど早い。シンのお父さんの件を知らなかった人たちも、朝のオオモリの挑発的な発言で全員が知ることとなった。

休み時間は、シンのお父さんの話題で持ち切りだった。遠巻きにシンを見てコソコソとうわさ話をしている連中もいた。ジュンたちはスクラムを組むように、シンのまわりに陣取った。

「大丈夫だよ、心配ない」

ルイが言う。

「大変だったね」

ミナは自分のことのように、シンのことを心配している。

「シンのお父さんはもうもどってきたんだから、関係ないっていうことだ」

スカイだ。

「大丈夫、大丈夫」

レオンがゆっくりと言う。

ジュンはこういうとき、なんて声をかければいいのかわからない。どうしていいかわからないから、ついへらへらとしてしまう。へらへらと笑って、おちゃらけてしまう。

「昨日のテレビ見た？　都市伝説のやつ。ひぃーっ」

ムンクの「叫び」のような顔をしながら言ったジュンの言葉は、みんなにスルーされた。

6 みんなの気持ち

放課後、ジュンたちは、「ひいばあちゃんち」に集合することになった。シンは行かないと言ったけれど、みんなで説得してなんとか連れだした。ルイのお母さんはなにも聞かずに、鍵を貸してくれた。

「シン、詳しい状況を教えてくれるか？」

スカイは今日、頭痛でバスケの練習を休むそうだ。

「……絶対違う。お父さんじゃない」

しばらくの沈黙のあとで、シンがしぼりだすような声を出した。

警察が来たのは、昨日の朝だったらしい。シンのお父さんは仕事に行くところで、身支度をしていた。呼び鈴が鳴って、シンのおばあちゃんが玄関に出た。シンの家族は、おじいちゃん、おばあちゃん、お父さん、お母さん、シン、マリオの六人だ。

シンとマリオはテレビを見ながら、学校に行く準備をしていた。お母さんとおじいちゃんはすでに仕事に行っていて、家にはいなかった。シンのお母さんは近所のスーパーで働いていて、おじいちゃんは、駅前の駐輪場で仕事をしている。どちらも早朝からの仕事だ。

「なんですか？　意味がわからない。だれ」

玄関からおばあちゃんの声が聞こえた。

「わからない、わからないよ」

おばあちゃんのあせった声を聞いて、シンは玄関へ向かった。そこには二人のおじさんが立っていた。

「お孫さんですか」

「はい」

「お父さんいるかな」

「今シャワーを浴びています」

「話ができる子がいてよかった」

と年配の男が言い、シンはちょっとムッとした。

「なんの用ですか」

「お父さんを呼んでくれる？」

シンは風呂場に行って、お父さんに声をかけた。シンのお父さんが風呂場のドアから顔を出した。

「どうした？」

「お父さんにお客さんが来てる。呼んできてって言われた。男の人二人」

「だれ？　名前は？」

そう言われて、シンは玄関にもどって名前を聞いた。男たちは顔を見合わせてから、

「倉田です」「坂巻です」と、それぞれに名乗った。

風呂場にもどると、お父さんは脱衣所で身体を拭いていた。

「倉田さんと坂巻さんだって」

お父さんは首をかしげて、知らないなあとつぶやいた。

「ちょっと待っててもらって」

シンはお父さんの言葉をそのまま伝えた。おばあちゃんはなぜか玄関から動こうとせず、
二人の男をじっと見つめていたそうだ。

少ししてから、身支度を整えたお父さんがやってきた。

「お待たせしました。ええっと、どういうご用件でしょうか。これから仕事なんです」

「わたしたちは、こういう者です」

そう言って男はそれぞれにメモ帳みたいなものを出した。

「えっ、警察？」

お父さんが言い、シンはこれがドラマでよく見る警察手帳なんだと思ったそうだ。警察はシンのお父さんの名前を確認した。

「おとといの火曜日にあった窃盗事件のことでお話をうかがいたいので、署までご同行願えますか」

「窃盗事件？　なんのことですか。ぜんぜん知りません。すみません、これから仕事なんですよ」

「お休みしていただけると助かります」

倉田がにこやかに言った。にこやかだけど、ものすごく威圧的で怖かったそうだ。

「その窃盗事件に、わたしが関わっているということですか？　まったく知りませんよ。それ、火曜日の何時ごろのことですか？」

「そういう詳しい話を署でお聞きしたいんですよ。お子さんもおられることですし」

と、坂巻はシンに目をやった。わざとらしくて、しらじらしくて、へたな三文芝居だとシンは思ったそうだ。ジュンは、シンが三文芝居という言葉を使ったことに驚いた。ジュンはこれまで使ったことがない言葉だ。

「すみませんが、一緒に来ていただけますかね」

坂巻の口調と目つきは倉田よりももっと怖く、この申し出を断れる人なんてこの世にいないとシンは思った。

結局、シンのお父さんは警察署に行くことになった。行くしかなかったそうだ。

「でもさ、もう帰ってきてるんだろ？　シンのお父さん」

スカイが聞き、シンがうなずいた。

「……うん、すぐに帰ってきた。でも、おじいちゃんもおばあちゃんもお母さんも、みんなショックを受けてる」

シンの目がかすかに光っていた。三年生のときに、自転車で転んで右手首を骨折したときだって、シンは泣かなかったのに。

「……おばあちゃん、ずっと寝てるんだ。昨日からなにも食べてない」

「そうなの……？」

ルイの眉間に太いしわがよる。ミナは今にも泣きだしそうだ。

「ひどいよ！　お父さんが泥棒なんてするわけないのに！」

顔を上げて、シンが叫ぶ。

「わかってる。シンのお父さんはそんなこと絶対にしない」

ジュンは言った。

「だって事件があった火曜日、お父さんは仕事に行ってたんだから！」

シンの言葉に、みんなハッとしたような顔になった。

「なあ、火曜日って、ここで、火曜日ごはんがあった日だよな？」

「そう、火曜日ごはんの日！　ミナのお母さんが手伝いに来てくれて、カレーを食べた日！」

スカイの問いかけに、ルイが声をあげる。

「その日、お父さんは四時からの仕事だったから三時過ぎに家を出たんだ。ちょうどおれが帰ってきたところで、お父さんと玄関ですれ違った。行ってらっしゃい、って声をかけて、お父さんは、行ってきますって言って出ていった。事件があったのは六時ごろだって聞いたから、絶対にお父さんのわけないんだ」

そうだ、そうだ！　シンのお父さんのわけがない。

「それなのに、事情聴取だなんて……。まるで犯人みたいじゃないか……」

「だれもそんなふうに思わないって。だってすぐに帰ってきたんだから、人違いってことだろ」

「違う！　警察がうちに来たっていうだけで、アウトなんだ！　団地中に知れ渡って、白い目で見られてる……。オオモリだって……」

「オオモリなんて関係ない！」

ルイが声を張る。

「ジュン！」

突然スカイが大きな声で名前を呼んだ。

「な、なに」

「あのとき、公園の向こう側に、シンのお父さんに似た人がいたよな？」

一瞬の間のあと、パッと目を見開いた。

「そうそう！　そうだ！　シンのお父さんに似ている人を見かけた！」

「ええっ!?」

と、全員が声をあげる。

「それ何時？　場所は？　ほんとにうちのお父さんだったの!?」

食ってかからんばかりの勢いで、シンがジュンにつめよる。ジュンは頭のなかで、火曜日のことを思い起こした。宿題を取りにいったん家に帰った。スカイがついてきてくれた。夕方の訪れが早くて、ちょっとさみしくなった気持ちも一緒に思い出して、ほんの一瞬だけ胸がきゅっとなる。

洗濯物と布団を取りこんで、宿題を持って、「ひいばあちゃんち」へもどった。その途中でシンのお父さんに似ている人を見かけたのだ。

「おれたちは、ひばり公園のすべり台側の道を歩いていて、シンのお父さんに似ている人はトイレ側の道を歩いてた。そうだよな、ジュン」

「うん。シンのお父さーん、って叫んだけど、気づかないみたいだった。っていうか、無視された」

「それは、おれのお父さんじゃない！」

「うん、人違いだと思う。絶対におれの声は聞こえてたはずだったから。シンのお父さんだったら無視なんてしない」

　シンのお父さんはいつも陽気で、道でばったり会ったりすると、こぼれそうな笑顔でハイタッチしてくれる。どんなに遠くにいたって、先にジュンに気づいて大きく手をふってくれる。だから、火曜日に見かけた人はシンのお父さんじゃない。ただの似てる人だ。

「なあ、もしかして警察は、その人とシンのお父さんを間違えたんじゃないか」

　スカイの言葉に、みんなで顔を見合わせた。

「そうだよ、きっとそう！　人違いだよ！」

　ルイが勢いよく言った。ミナもレオンも大きくうなずいて、人違いだと声をあげた。シンの目が輝く。

「警察に言いに行こう！」

「そうだよ！　めっちゃ有力な情報じゃん！」

「ジュンとスカイが見たことを伝えよう！」

みんなが提案する。シンもうなずいた。

「今から行こう！」

全員が立ち上がったとき、ルイのお母さんが入ってきた。

「あら、どこか行くの」

「うん！　お母さん、聞いて！　すごい情報があるの！」

事件当日、ジュンとスカイが見たことを、ルイがルイのお母さんに話した。

「これから警察に行って話してくる！」

「早く行こう！」

足に力が入る。

「ちょ、ちょっと待ちなさい」

ルイのお母さんが両手を広げて、行く手をはばんだ。

「なに、お母さん。どいてよ」

「あわてないで。少し待ちなさい」

みんなの足が不満げに止まる。

「なによ、お母さん。なんなの」

「突然子どもたちが大勢でおしかけて、警察がちゃんと話を聞いてくれるかしら？」

「聞くよ、聞くに決まってる。重要証言だもん！」

「そうかなあ。たぶん、受付の人がハイハイって聞いて終わりだと思うわ」

ルイのお母さんの言い方は、なんだか軽かった。

「そんなこと……！」

ルイがあごを持ち上げる。

「そんなことないと思う？　軽くあしらわれておしまいって可能性も、大いにありうるんじゃない」

「そうじゃない可能性だってあると思います」

スカイが強い口調で返した。

「スカイとジュンが見かけた人が、絶対にシンのお父さんじゃないっていう証拠はある？」

「大きな声で呼んだけど、無視されたっていうか気がつかなかったから、あれはシンのお父さんじゃない」

「証拠ってそれだけ？」

言葉が出なかった。スカイは、ものすごく怖い顔でルイのお母さんをにらんでいる。ルイのお母さんは、シンのお父さんのことを疑っているのだろうか。だとしたら、ムカつくし許せない。

「そうだ、そういえば、キャップをかぶってた！　白いキャップにナイキの黒いマークが入ったやつ。そうだよな、ジュン」

　スカイが言い、ジュンは思い出した。

「そう！　白いキャップをかぶってた」

あのとき見た人は、キャップを目深にかぶっていた。ナイキのマークも確かに見た。

「シン。シンのお父さんは、そういうキャップ持ってる？　持ってないよな」

ジュンは聞いてみた。シンは伏し目がちに考えるようなそぶりを見せたあと、

「……似てるやつ、持ってる」

と、つぶやいた。思わずドキッとする。

「ううん」

と、首をふったのはレオンだ。

「それ系のキャップって、みんな持ってると思う。ぼくも持ってるから」

確かに、白地のナイキのキャップなんてどこにでもある。ジュンもおととしぐらいまで、同じようなものを使っていた。どこかでなくしてそれきりだけど。

「そうだな。おれも黒地に白いマークのナイキのキャップを持ってたわ」

スカイが続けた。

「うーん」

と、ルイのお母さんがうなる。

「むずかしいと思うわ」

ルイのお母さんの言葉に、みんなだまってしまった。大人の言うことはいつもひどくつまらないけど、おおよその部分で正しいってことは頭のどこかでわかってる。

「だったらどうすればいいんですか！　お父さんは悪いことなんてしてない！」

シンの目は真っ赤だ。

「シン。その日のお父さんのタイムカードはどうなってる？　お父さんが会社にいたことが証明されれば、アリバイがあるってことだろ」

スカイが言ったアリバイという言葉を聞いて、まるでドラマみたいだと思った。だけど、これはシンの家族に今まさに起こっている現実だ。わかっているけど、身体が地面から少し浮いているみたいな妙な感覚があった。

「アリバイってなに？」

「アリバイっていうのは、犯罪があったときに、その現場にいなかったという証明のこと」

レオンの質問に、ルイのお母さんが答える。

「……お父さん、その日に限ってタイムカードをおすのを忘れたみたいなんだ」

「えっ」

それって、かなりヤバい状況なんじゃないか？　よりによって、どうしてその日に限ってタイムカードをおし忘れるんだ？　もしかして、それって……。

不穏な空気がただよって、一瞬だれもがおしだまった。

「……でも、タイムカードをおし忘れても、会社の人は、シンのお父さんが仕事に来ていたのは知ってるんだろ？　証言してもらえばいいじゃないか」

「うん、そうだよ、そうだよ！」

みんなが声を上げる。

「証言してくれる人もいるらしいけど……、してくれない人もいるみたい」

シンが悲しそうな顔をする。

「なんで？」

ジュンはたずねた。事実を言うだけなのに、なぜ証言しない人がいるのかわからない。

「わたし、わかるかも……」

ミナだ。

「ぼくもわかるよ」

レオンもうなずく。

「なにそれ。教えてよ」

ジュンは言ったけどミナもレオンもだまったままで、なんでもかんでも説明したがるルイも口を閉じたきりだった。

「さあ、お茶でも飲んで。特別にちょっと高級な茶葉でいれたからね」

いつの間にか姿を消していたルイのお母さんが、お盆に急須と湯飲みを持ってきてくれた。おかきも一緒だ。

お茶はぬるくてやわらかくて甘かった。こんな味のお茶を飲んだのははじめてだった。高級なお茶はこういう味がするんだと思い、でも普段飲んでいるお茶のほうがおいしいと感じた。ジュンはいつも茶葉を入れすぎてしまう。

「急須のふたが持ち上がるほど、お茶っ葉を入れるトンチンカンがこの家にいるみたいね」

と、お母さんにいつも怒られる。でも茶葉をたくさん入れないとおいしくないんだから、仕方ない。うちではきっと、安い茶葉を使っているんだなとジュンは思った。

みんなで、ぬるくてやわらかくて甘いお茶を飲んでおかきを食べた。少しだけ気持ちが落ち着いた。シンはむずかしい顔で、お茶を飲んでいた。そういえば、シンは緑茶が苦手だと、前に聞いたことがあった。

それからみんなで話し合って、警察に行くのはもっと情報を集めてからにしようということになった。

「シン、心配しないで。大丈夫だから」

ルイのお母さんが、シンに冷たいジャスミンティーを持ってきた。

「……はい」

シンは、緑茶の味を帳消しにするようにごくごくと飲んだ。

7

聞きこみの気持ち

土曜日、ジュンとスカイは聞きこみをはじめた。火曜日ごはんの日に見かけた、シンのお父さんに似ていた人のことだ。もしかしたら、その人が真犯人かもしれない。

まずは近所の家の人に聞こうと、ひばり公園近くの家の呼び鈴を鳴らした。鳴らしたのはスカイだ。

「はい、どなた」

インターホンから声が届く。

「人をさがしてるんです。火曜日の夕方六時ごろ、このあたりでキャップをかぶった三十代ぐらいの男性を見かけませんでしたか？」

しゃべったのもスカイ。ジュンはスカイのうしろに隠れるようにしてつっ立っていた。知らない家の呼び鈴を鳴らして、知らない人と話すことにおじけづいていた。

「さあねえ、知らないわねえ、ごめんねえ」

女の人はものすごくゆっくりと言ったあと、ぶつりとインターホンを切った。

隣の家は留守だった。それから三軒の呼び鈴を鳴らして、出てきてくれた人に聞いたけれど、キャップをかぶった男のことはだれも知らなかった。

「次はおれがピンポンして話す」

スカイにだけやらせるわけにはいかない。ジュンは意を決して、呼び鈴をおした。

「なんや」

上半身裸のおじさんが、勢いよく引き戸を開けて出てきた。心臓が止まるんじゃないかと思った。

「あ、あのう、火曜日の夕方六時ごろ、このへんで男の人を見ませんでしたか。ナイキのキャップかぶった三十歳から四十歳ぐらいの人なんですけど……」

「はあ？　なんやて？　だれやそれ」

「か、火曜日の六時ごろに……」

「そんな昔のこと、覚えとるわけないやろ。ふざけとんのかあ！」

「……いえ、すみません」

「どうもありがとうございました」

スカイが割って入って頭を下げたので、ジュンもそれにならった。

「ったく、近ごろのガキは」

おじさんは唇をひんまげて舌打ちをし、大きな音を立てて引き戸を閉めた。

ジュンはすっかり意気消沈し、そのあとはスカイに任せてしまった。スカイは礼儀正しく根気よくていねいにたずねて回った。

「有力情報なしか……」

結局、火曜のことはだれも知らなかった。

「どうする？」

「ここを通る人に、声をかけてみよう」

スカイの提案に、ジュンは小さくうなずいた。重い任務だけど、やるしかない。

「すみません、ちょっといいですか」

道行く人にしりごみすることなく、声をかけるスカイを尊敬する。人に道をたずねるのは得意だから、こんなのぜんぜんへっちゃらだと思っていたけれど、さっきの上半身裸のおじさんの衝撃が大きくて、ジュンは知らない人に話しかけるのが怖くなっていた。

「火曜日の夕方六時ごろに、ナイキのキャップをかぶった男の人を、このへんで見かけませんでしたか？」

スカイがハキハキとたずねる。

「なあに？　わたしにはよくわからないけど、なにかの勉強会かしら。えらいわね」

おばあさんはにこにこと笑いながら、去っていった。人選ミスだ、とスカイがつぶやく。

「すみません」

スカイが今度は、お母さんと同じくらいの年齢の女の人に声をかけた。

「ごめんなさい。わからないわ」

申し訳なさそうな顔で首をふられた。スカイが、ありがとうございます！　と大きな声で礼を告げる。

二人でそれぞれにやったほうが効率いい。ジュンも思い切って、道行く人に声をかけた。やさしそうなおじいさんが立ち止まってくれた。

「火曜日の夕方六時ごろに、このへんで帽子をかぶった男の人を見ませんでしたか？」

「なんだってえ？」

顔をしかめられて、ジュンはもう一度同じことをたずねた。

「知るわけないだろっ」

おじいさんは、ペッと道路につばをはいた。ジュンはあわててうしろにとびのいた。おじいさんは、ああ、いやだいやだ、と言って去っていった。やさしそうに見えたけど、ぜんぜん違った。心が折れそうだったけど、シンを思い出して頭をふる。仕切り直しだ。

次にジュンは若い女の人二人組に声をかけた。知らないわ、ごめんねバイバイ、とあっけなく手をふられた。そのあとも、何人かに聞いてみたけれど、だれも火曜日のことなんて覚えていなかった。

「おいっ、なんだとテメエ！」

するどい男の声にビクッとしてふり向くと、スカイが若い男に胸ぐらをつかまれていた。

「スカイッ！」

あわててかけよると、なんだテメエは！　とすごまれた。ドクンと心臓が波打って足がすくむ。

「お前の仲間かよっ」

男が手に力をこめる。スカイのあごが持ち上がる。ジュンはすっかり怖くなった。

「やめてください」

スカイは動じていなかった。毅然とした声だった。一方のジュンは、足がぐらぐらして動けない。

「はなしてください。警察呼びますよ」

「なんだとおっ！」

男はどなりながらも、手をはなした。スカイは、少しのびたTシャツの首元をサッと

はたいて、

「たずねているだけなのに、どうして怒るんですか？」

と言った。

「はあ!?　なんだってえ!?　もういっぺん言ってみろ！　このクソガキがあ！」

男は声を荒らげた。顔をよく見ると、まだ十代のような感じだった。

「なんで大きな声を出すんですか？」

「お前がへんなことを聞くからだ」

「へんなことじゃないです。友達のお父さんが無実の罪で警察から事情聴取されたから、疑いを晴らそうとしてるんです」

男はそこで、自分自身を見下すような笑い声をあげた。

「悪いけど、火曜の話は知らねえ」

ジュンは、男がかぶっているナイキのキャップから目がはなせなかった。火曜にここで見た人がかぶっていたキャップに似ていた。白地に黒のナイキのマーク。けれど、シンのお父さんには似ていなかった。もっとぜんぜん若い。少年といってもいい年齢だ。でも、このキャップを犯人に貸したという可能性もある。

「お前、中学生か？　そっちは弟か」

「いえ、同級生です。六年生」

スカイが答えると、ずいぶんでけえなあ、と男は手でスカイの身長を測るようなしぐさをした。

「お前ら、名前なんていうんだ？」

ジュンとスカイは顔を見合わせた。教えてもいいか、と互いに目で合図を送る。男の態度が親し気になっていたからだ。

「ジュンです」

「スカイです」

「へえー。スカイなんてかっこいいな。スカイって空だろ」

「はあ。まあ、そういう取り方もあります」

と、スカイは答えた。

「おれはダイ。十八歳」

そう言ってダイは、鼻歌を口ずさみながらつま先でリズムをとりはじめた。なんの曲だかまったくわからなかった。

「じゃあな、スカイ、ジュン。また会えたらいいな。聞きこみがんばれよ」

ダイは手をひらひらとさせて、肩をいからせたガニマタ歩きで去っていった。

はあーっ。ジュンは大きく息をはきだした。

「スカイ、怖くなかったの？　おれ、めっちゃビビった。足が震えたもん」

「ほら、おれデカいからさ。ダイよりデカかったかも」

ダイは筋肉質だからずいぶんと強そうに見えたけれど、スカイのほうが背は高かった。

「おもしろい人だったな」

スカイがにやにやと笑う。

結局、今日の聞きこみは収穫ゼロだった。

日曜日。スカイは、どうしてもはずせないバスケの試合があって、ジュンは一人でひばり公園に行った。聞きこみの続きをしようかと思っていたけれど、一人だと勇気が出ず、情けない気持ちを抱えながら公園のベンチに、一人座っていた。

「よう、ジュン」

「わっ！」

急に声をかけられて、ベンチから転げ落ちそうになった。

「なんだよ、そんなに驚くなよ」

そこにいたのは、昨日会ったダイだった。

「もう一人のデカいやつはいないのか？　スカイだっけ」

ジュンはぎくしゃくとうなずいた。ダイはジュンの隣にどすんと座った。

「いい天気だな。なあ、おい」

「う、うん。あ、はい」

秋晴れの空はきれいに澄んでいる。

「お前、なにしてんの」

「……べつになにもしてないです」

「うざっ。タメ語でいいから」

「はい」

はい、じゃねえだろ、とダイが笑う。

「今日は聞きこみしねえのかよ」

ジュンはこくんとうなずいた。一人でできる気がしなかった。

「さがしてたやつ、見つかったのかよ」

首をふった。犯人はまだ見つかっていないらしい。ダイがポケットからペットボトルを取りだして、コーラをぐびぐびと飲む。

「まあ、よくある話だよ。あきらめるしかねえよ」

ジュンはびっくりしてダイの顔を見た。

「なんであきらめるの？」

「向こうはよ、はなっから犯人だって決めつけてるからよう。なにしたってむだなわけ」

「え、どうして？　どういうこと？」

「お前、ほんとガキだな。おれはいろいろ経験済みだから知ってるけど、あきらめるのがいちばん手っ取り早い」

「……あきらめるって、やってないのに罪を認めるってこと？」

ダイは眉毛を持ち上げて、首をすくませた。

「どうせ、おれたちの言うことなんか、だれも信じてくれないからな」

ジュンにはよくわからなかった。

「あー、眠い。おれ、仕事の帰りなんだわ」

ダイはあくびをしながら、立ち上がった。

「あ、そうだ。とっておきの情報教えてやろうか」

ダイがにやりと笑う。

「お前らが火曜日に見たっていう、ナイキのキャップをかぶった男。おれ、知ってるぜ」

「ええっ!?」

思わず大きな声が出る。やっぱり、ダイが犯人にキャップを貸したのだろうか。

「知ってたら教えてください！　だれですか⁉」

「それを知ってどうする？　そいつを警察につきだすのか？」

「警察につきだすかどうかはわからないけど、シンのお父さんの疑いは晴れると思うから」

「ふうん、なるほどな」

「ダイの知ってる人？　友達？」

ジュンはめまぐるしく頭を働かせた。ダイの友達だったら、ダイは友達を守るために白状するわけがないと思った。

「あ、あの、ダイの友達が逮捕されるとかそういうことはないから……」

「ハッ」

空に向かって、ダイが笑う。

「なに言ってんだよ。おれの友達じゃねえよ」

「じゃあ、だれ？　教えて！　教えてください！」

「まいったなあ……」

と、ダイが頭をかく。

「お願いします！」

ジュンは頭を下げた。

「おれ」

「は？」

「おれだよ、おれ！　おれがあの日、そこを通ったんだよ」

ダイはあごをしゃくって、ジュンたちが火曜日ごはんの日にキャップをかぶった男を見かけた道路に目をやった。

「ダイが？」

「でもよ、言っとくけど、おれはなにもしてないぜ。誤解すんなよ。仕事に行く途中だっただけだ」

ナイキのキャップをきゅっとかぶり直して、ダイは言った。

「うまくいくこと祈ってやるよ」

ダイの姿が見えなくなって、ほどなくしてからジュンもベンチから立ち上がった。

玄関を開けると、お母さんが血相を変えて走ってきた。

「あんた、どこに行ってたの！」

「なんだよ、いきなり。うるさいな」

ジュンはダイのことを考えていた。あの日見たのは、ダイだったのだろうか。確かにダイとシンのお父さんは背格好(せかっこう)が似ている。でも、あんなに若(わか)いはずはない。もっと年上に見えたけど、暗かったから勘違(かんちが)いしたのだろうか。

ダイは自分じゃないと言っていたけど、本当にそうなんだろうか。ダイのことは信じたいけれど、このままじゃシンのお父さんが犯人にされてしまう可能性がある。頭のなかはぐじゃぐじゃだ。

あきらめるしかねえよ、とダイは言っていた。あきらめるのがいちばん手っ取り早い、と。

「機嫌(きげん)悪いわねえ」

「うるさいなあ。なんか用？」

とりあえず、ダイのことはスカイに相談してみようと思った。

「そんな態度だと教えてあげないわよ。ビッグニュース」

「なに」

「窃盗(せっとう)の犯人、見つかったらしいのよ」

「えっ」

びっくりしすぎて、つばがへんなところに入った。思わずむせる。

「ゴホッ……マジで!?　それほんと？」

「ほんとよ」

ほこらし気にお母さんがあごをあげる。聞けば、ルイのお母さんからの情報らしかった。ルイのお母さんが言うなら本当だ。

ひざの力がぬけて、ジュンはへなへなとその場にひざをついた。とにかくよかった！　本当によかった！　そして、ダイは犯人じゃなかったのだ！　ダイのことを疑って悪かった。

それと、もうひとつ。こないだ、みんなで「ひいばあちゃんち」に集まったとき、ジュンはほんの一瞬だけシンのお父さんを疑ってしまった。シンのお父さんがタイムカードをおし忘れたと聞いたときだ。あまりにもタイミングが悪すぎると思って、もしかしたら……？　と、ほんの一瞬疑ってしまった。ひどい友達だ。ごめん、シン。本当にごめんなさい。

8

シンの気持ち

「シンッ！」

げた箱でシンを見つけ、ジュンは声を張ってかけよった。

「聞いたよ、犯人見つかったんだってね。よかった！」

そう言ってジュンは、シンの背中に飛びついた。シンがよろっとよろける。

「よかったじゃん」

「まあね」

想像していたテンションと違った。犯人がつかまったのに、なぜ元気がないのかわからない。

「……おばあちゃん、入院することになったんだ」

「えっ、どうして？」

「昨日トイレに行こうとして倒れちゃって……。救急車呼んでそのまま入院になった。貧血と栄養失調で、足首の骨折もしてた……」

そう言うシンの目じりが光っていて、ジュンは思わず目をそらした。犯人がつかまってすべて丸くおさまったと思っていたけれど、そうではないらしい。

「やっと来たか。よっ、待ってました！」

教室に入ったとたん、オオモリが声を張った。

「シンくん。犯人はお父さんじゃなかったんだってなあ！」

「でもさあ、事情聴取されたのは事実だからなあ。疑いがあったってことだもんな。ほんっとお気の毒だよ」

と、大きな声を出す。

「なっ……」

シンを見ると、固まったように動かない。ジュンがシンの背中をおして席に着こうとした瞬間、

「キャーッ！」

という女子たちの悲鳴が響いた。見ればスカイがオオモリになぐりかかっていた。

「いってえな！」

口元をぬぐいながら、オオモリが立ち上がる。

「なにすんだ、コノヤローッ！」

オオモリがスカイにつかみかかる。机がなぎ倒されて、女子たちがさらに悲鳴をあげた。

オオモリがスカイに馬乗りになって、顔をなぐりつけた。スカイがオオモリの腹をけり上げる。オオモリもスカイと同じくらいの背丈がある。

「ちょっとやめて！　やめなさいよ！」

ルイが叫んだけど、二人の耳にはまったく入らないようだった。ジュンは立ちすくんでいた。相手をなぐるときの音がリアルに耳に届いて、ただただ怖かった。

「なにしてるの！　やめなさい！　はなれなさい！」

宇野先生があわててやってきた。二人の間に入ろうとするけれど、自分よりでかい二人のケンカの仲裁はむずかしかった。ミナが急いで隣の二組の先生を連れてきた。体格のいい四十代の男性の先生だ。

「こらあっ！」

先生がスカイとオオモリの間に割って入って、力ずくで二人を引きはなした。反動でオオモリがしりもちをつき、スカイは机にぶつかって倒れた。二人とも顔が真っ赤で、肩で息をしている。

「お前ら、一体なにをやってるんだ！　取っ組み合いのケンカだなんて……！」

二組の先生は、二人の腕を取って職員室へ連れていった。

ジュンはぼうぜんとしていた。なぐり合いのケンカを見たのははじめてだった。心臓がどきどきしている。きっとクラスのみんなもそうだろう。泣いている女子もいた。ジュンも泣きたかった。

朝の会は学年主任の先生が担当することになり、一時間目は自習になった。その間、シンはずっとうつむいていた。

二時間目がはじまる前の休み時間に、宇野先生がもどってきた。

「二時間目をはじめます。その前にみなさんに伝えたいことがあります」

宇野先生は、暴力ではなにも解決しないこと、人を傷つけてはいけないこと、その二点について話した。

先生の言うことはもっともだったけれど、当たり前すぎて、まるで道徳の教科書を棒読みしているだけのようで、今のジュンにはまったく響かなかった。

暴力はいけないけれど、手を出したスカイの気持ちはよくわかる。オオモリが言ったことが許せなかったのだ。ジュンだって、オオモリの言葉はひどいと思った。

言葉で傷つけられたシンの心と、ケンカでの傷はどっちが痛いだろうか。ジュンは空っぽの隣の席を見た。怒りに満ちたスカイの顔を思い出す。

「先生、スカイとオオモリはどこですか」

たまらずジュンはたずねた。

「二人とも今日は早退しました」

「ケガしたんですか!?　大丈夫なんですか!?」

今度はルイが聞く。

「念のため病院に行くことになりましたが、大きなケガはないと思います」

宇野先生はなぜかムッとした表情で言い、パンッと手をたたいた。

「はい、理科の授業をはじめます。教科書百四ページ。水よう液の性質から」
先生が教科書を読みはじめて、スカイとオオモリの話は打ち切りとなった。

その日のクラスは、お通夜とお祭りが交互にやってくるみたいな、妙な雰囲気だった。二時間目後の休み時間はがやがやと騒がしくまとまりがなくて、三時間目後の休み時間は不気味なほどに静まり返った。その繰り返し。

今日はいつものメンバーもバラバラだった。ミナはアカリとユナとずっと一緒だったし、レオンにはなぜかトムがまとわりついていた。ミナを取られたルイは一人きりだ。ジュンはなんだか手持ちぶさたで、ちょこちょこといろいろなグループに顔を出した。シンはだれとも話したくない様子で、ずっと一人でうつむいていた。

普段のクラスとはぜんぜん雰囲気が違った。ジュンも自分が自分ではないような気がしていた。ふわふわと心もとなくて、無理にはしゃいだりしゃべったりした。

スカイとオオモリのなぐり合いのケンカを、目のあたりにしたからだと思った。びっくりしすぎて、普段とは違うことをして気を紛らわせたかったのかもしれない。とにかく、すべてがちぐはぐでイヤな一日だった。

翌朝、スカイは包帯を巻いた左手を、元気よくジュンに見せた。

「骨折してなくてよかったぜ、セーフ」

「だ、大丈夫なの？」

包帯を巻いた手首は痛々しかった。頬ははれているし、首や腕にいくつかの小さな傷もある。ジュンは昨日のケンカを思い出して、ぶるっと身震いした。

昨日お母さんはめずらしく早く帰ってきて、ジュンの大好きなチキン南蛮を作ってくれた。犯人がつかまったことがうれしいのか、うきうきと機嫌よく話しかけられ、なにも知らないくせにと、ジュンはイライラした。結局、ささいなことから、お母さんと言い合いになって、最悪の夕食になったのだった。

「スカイ、ケガは大丈夫なの⁉」

ルイがスカイを見つけて、イノシシみたいに突進してくる。ルイはいつも怒っているように見える。ただ心配してるだけなのに、損してるなと場違いなことを思ったりする。

ミナはスカイの顔を見て顔をゆがめ、レオンはやれやれというふうに首をふった。シンは着席したまま、昨日と同じく目を伏せていた。

そのうちに、オオモリも登校してきた。オオモリはこめかみに大きなガーゼをはっていた。腕には何枚かばんそうこうもはっている。

「ああ、痛いなあ。大ケガしちゃったなあ。どうやって責任とってもらおうかな。弱いやつほどほえたがるって、よく言うよな。先に手を出したほうがまずいからな」

そんなことを言いながら席に着く。オオモリはふんぞり返るように椅子に座って、机のなかから朝読用の本を出して、ポンッと机の上に置いた。表紙にメッシの顔がちらっと見えた。そういえば、オオモリはサッカーをやっていたなとぼんやりと思う。

シンが所属している、小学校のグラウンドでやっている地区のサッカーではなくて、市内にいくつかあるサッカークラブのうちのひとつだ。かなり強いチームだと聞いたことがある。うちの小学校で入会しているのはオオモリだけだ。

オオモリってだれと仲がいいんだろう。決まっただれかとつるんでいるのを見たことがなかった。オオモリみたいなやつって、たいてい取り巻きみたいなのがいるけど、オオモリには特定の友達はいない。オオモリのことを苦手な人は多いだろうけど、仲間はずれにされているとか、無視されているわけでもない。

春にあった修学旅行の班分けでハブられることもなかったし、昼休みにぼっちということもない。だけど、基本オオモリは単独行動だ。サッカークラブの連中と仲がいいのだろうか。

ジュンはこれまで、オオモリのことをルイの天敵ということ以外で気にしたことはなかった。あんなにばんそうこうをはっていて、サッカーなんてできるのだろうか。

「あっ！」

オオモリのサッカーで思い出した。

「スカイ、手をケガしたらバスケできないじゃないかっ」

スカイは、まあねと肩をすくめた。

聞けば昨日は大変だったらしい。すぐに親に連絡が行き、スカイのお母さんとオオモリのお母さんが学校にやってきたそうだ。先に手を出したのがスカイだということで、スカイのお母さんは、オオモリとオオモリのお母さんに何度も何度も頭を下げていたらしい。オオモリのお母さんは、スカイいわく「めっちゃ美人」ということだった。とにかくオオモリのケガを気にしていて、そわそわと心配そうにしていたそうだ。

そのまま病院に行き、その間、スカイはお母さんにひどく怒られた。家に帰ってからもずっとお説教をされて、ケガよりもお母さんの小言で体調が悪くなったと言った。

「ほんと、まいったよ」

いつもの冗談とはまったく違った口調で、スカイが頭をふる。相当こたえたみたいだ。

クラスメートたちは、遠巻きにシンを見ていた。すべての元凶はシンだと言わんばかりの雰囲気だった。スカイとオオモリは昨日のケンカを反省してか、カラ元気を装っていたけれど、クラスの雰囲気はどんよりと重かった。

シンのお父さんはひとつも悪くなくてむしろ被害者なのに、みんなのシンを見る目が変わってしまい、クラスの雰囲気はよくないほうに向かっていた。そもそもシンとシンのお父さんは親子だけど、違う人間だ。それなのに、シンがみんなから遠ざけられるのは、ものすごくおかしなことだとジュンは思った。

授業中、シンが落とした消しゴムを拾う人はいなかったし、ジュンたち以外に休み時間に話しかける人もいなかった。昼休みにシンをサッカーに誘うやつもいなかった。

ジュンはおちゃらけてシンにまとわりついたけど、シンはノッてこなかった。ルイは目を三角にして鼻息荒くシンを守るようににらみをきかせていて、ミナはシンの保護者みたいにシンのそばからはなれず、レオンはやさしい親戚のおじさんみたいに一定の距離を保って見守っていた。

シンは、まるで雨にぬれそぼった子犬みたいだった。

火曜日ごはん。一週間前に、ここでミナんちのカレーを食べて、みんなでババぬきをしたのだ。たった一週間で、いろんなことが変わってしまったことが、ジュンには信じられなかった。

手にケガをして、バスケも、おそらく塾にも行けないだろうスカイを誘ったけれど、「当分遊びには行けなそうだよ」という返事だった。お母さんにこっぴどくやられたのかもしれない。

いつもは早めに来るシンがなかなか来なくて心配したけれど、時間を少し過ぎてからやってきた。

「あれ、マリオは？」

ルイがたずねると、シンは力なく首をふった。

「……マリオ、お父さんのことがあってからずっと学校を休んでるんだ。家から出ようとしない」

「えっ？」

知らなかった。

「仕方ないよ」

と、シンは言った。

「仕方ないって？」

ルイが聞き返す。

「……警察がうちに来たこと」

「はあ、なに言ってんの。仕方ないとか、ありえなくない？　シンのお父さんは無実なんだよ」

そうだそうだ、とルイの意見に賛成する人はいなかった。ミナは困った顔で唇を結んでいただけだし、レオンはしずかにシンを見ていただけだ。

「ねえ、ジュンもそう思うでしょ？」

ルイにふられ、ジュンはあやふやに首をかしげた。ルイの言うことは正しい。正しいけれど、正しいからと言って、それがシンの気持ちと合っているかは、もはやジュンにはわからなかった。

ダイの言葉が頭に浮かぶ。ダイは「あきらめるしかねえよ」と言っていた。

――向こうはよ、はなっから犯人だって決めつけてるからよう。なにしたってむだなわけ。

「あのさ」

シンが口を開く。

「おれ、目立ちたくないんだ」

みんながシンを見る。

「お父さんのことがあって、いろいろ騒がしくなって、スカイがオオモリとケンカして……。おれ、もう注目されたくない」

ぽつぽつとつぶやく。

「人のうわさもなんとか、って言うだろ。そのうちみんなも言わなくなると思うし。だから、もう放っておいてほしいんだ。おれをかばってくれるのはうれしいけど、それでまたみんなに注目されることになる。だから、おれのために怒ったりケンカしたりするのは、もうやめてほしいんだ。しずかにしててほしい。休み時間も誘ってくれなくていいから。ごめん」

シンはしゃべっている間中、ずっと足下を見つめていた。

「……こっちこそごめんね。シンの気持ちも考えないで」

ミナが謝り、レオンも謝った。ルイが今にもシンに食ってかかりそうで心配したけど、大きく深呼吸をしてから、

「……ごめん」と言った。

シンはぶるんぶるんと顔をふって、ごめんなさい、と返した。だれも悪くないのに、みんなで謝り合っていてばかみたいだった。

火曜日ごはんの今日のメニューは、中華丼だった。うずらの卵が入っていたのがうれしかった。

9 レオンの気持ち

日曜日、ゲームに飽きたジュンはぶらぶらと外に出た。低学年のときは、休みになるとシンとばかり遊んでいたけど、シンがサッカーをはじめてからは練習日が多く、あまり遊ばなくなっていた。

高学年になってからは、レオンと遊ぶことが増えた。日曜は家族で買い物に行くことが多いと聞いているけど、今日はいるかなと思ってレオンの家まで行くことにした。

川沿いにある大きな団地群。一号棟から六号棟まであって、レオンは一号棟の四〇六号室。エレベーターがないから、階段をのぼるのがかったるい。ちなみに、シンも同じ団地だ。シンは五号棟。

ドアが少し開いていた。換気のためなのか、ドアにサンダルを挟ませてある。呼び鈴を鳴らそうとしたとき、大きな声が聞こえた。

「なんでよう、なんでそうなるの！　おかしいよねえ!?」

レオンのお母さんの声だ。

「困るよ！　なんでよう！　お金ないよっ！」

どうやら電話で話しているようだった。呼び鈴をおすタイミングがつかめない。立ち聞きしているみたいな気分になって、今日は帰ろうと向きを変えた。

「ジュン？」

歩きだしたところで、呼び止められた。レオンだ。

「うちに来てくれたの？　ぼくに用事だった？」

「ああ、うん。ヒマだったら遊ぼうと思ってさ」

「ヒマだよ。コンビニに行こうと思ってたところ」

笑顔でレオンが言う。

「なにして遊ぶ？」

「だってジュン、グローブ持ってるじゃない。ぼくも持ってくるよ」

家を出るとき、なにげなく玄関にあったグローブとボールを持ってきたのだった。レオンは部屋にもどって、グローブを持ってきた。

「大丈夫？」

と聞くと、きょとんとした顔をして、なにが？　と聞き返してきた。ジュンがなんて言

おうか考えていると、

「ああ、ママの声か。聞こえてたんだね」

と、レオンが肩を持ち上げた。

「ごめん。聞くつもりじゃなかったけど」

「謝らなくていいよ。ママ、声が大きいから。パパの知り合いって人と電話してたみたい」

「そうなんだ」

としか言いようがなくて、そう返した。

「今日、ニコルは？」

「家にいるよ」

「誘う？　一緒に遊ぼうか」

「いいよ、大丈夫。ありがと」

レオンは小さく首をふった。

ひばり公園で、レオンとキャッチボールをすることにした。公園にはジュンたちの他に、五歳ぐらいの男の子とそのお母さんらしき人がいるだけだ。すべり台で遊んでいる。

ジュンもレオンも特に野球が好きなわけではないけれど、キャッチボールはふつうにおもしろい。投げてとるという、単純な動きが楽しい。

ジュンの投げたボールが、レオンのグローブからこぼれて、あらぬ方向へ転がった。レオンが拾いに走って、もどってきながらボールを投げる。

「わあっ」

ボールはジュンの頭の上を大きく越えていった。今度はジュンがボールを追いかける。

「ごめんごめん」

お互いにとりそこねたり、大暴投したりしながら、キャッチボールをした。

「ちょっと休憩しよう」

水飲み場で水を飲んでベンチで休んだ。レオンが家から持ってきたグミを二人で食べる。

「レオンは引っ越してくる前は、どんな遊びしてた？」

「うーん、バレーボールとかかな」

へえ。レオンは中学生になったらバレー部に入るのかも、と思ったりする。

「前に住んでたところと、こっちとどっちがいい？」

ふと、そんなことをたずねてみたくなって聞いてみた。レオンはまた、うーん、と考えるような顔をして、

「こっちのほうが道がきれい」

と言った。おもしろいことを言うなあと思って、そうなんだ、と返した。

「あっ、このにおい」

キンモクセイの香りだ。見れば、柵のところにオレンジ色の小さな花がたくさん咲いていた。秋のにおいだ。夏が昔になって秋が来て、そのうちに冬が訪れるんだなあとぼんやりと思う。

「なんだっけ、これ」

レオンが手のひらを手前に動かして、においをかぐようなしぐさをした。

「キンモクセイだよ」

「ああ、そうだ。キンモクセイだね。不思議なにおい」

秋の風が頬をなでる。目を細めて空を見上げながら、夏とは空が違うと感じる。夏は空がどこまでも同じ青一色で、ポスターに出てくる空みたいだけど、秋の空は透明みたいな青だ。春の空は淡いし、冬の空はしずかで澄んでいる。青にもいろいろな種類があるのだ。

「ハロー、ボーイズ」

突然の声と人の気配に、思わずのけぞった。こっちを見て、手をふっているのは、We Canだ！

「レオン、行こう」

ジュンはベンチから立ち上がって、レオンをうながした。スカイと一緒のときならいいけど、レオンと二人だと気が引けた。

「ハロー、ボーイズ」

We Canがまた言って、口元だけに笑みを浮かべながら近づいてくる。

「こんにちは」

レオンが返した。レオンはWe Canのことを知らない。We Canが、レオンの隣に座った。なんだよ、勝手に座るなよ、と思いつつ、仕方なくジュンもベンチに座り直すしかなかった。レオンを置いて、一人で帰るわけにはいかない。

We Canは、背が低くて太っていて、目がギョロッとしていて坊主頭。毎日外をぶらぶらしているせいで日に焼けているのか、色黒だ。推定六十五歳。

「We Can！」

とWe Canが言った。

「君たちは、ここでなにしてたんですか？」

We Canがたずねてくる。

「キャッチボールです」

レオンがまじめに答える。

「あたしも子どものころはよくやりましたよ。キャッチボール」

「そうですか」

「あ、キンモクセイの香り。いいですねえ」

ジュンは驚いていた。We Canがふつうの会話をするからだ。

「中学生ですか？」

「六年生です」

レオンが答える。

「そちらは？」

と聞かれ、ムッとしながら「同じ六年」と答えた。レオンよりも小さいから、年下だと思ったのだろう。

「あたしは昔、ハワイに住んでいたんですよ」

そういえば、We Canはいつでもアロハシャツを着ている。冬は、アロハシャツの上にウインドブレーカーだ。

生地がすれてボロボロだけど、今日は葉っぱの柄のアロハシャツだ。新品のときはきれいな緑色だっただろうけど、今はなんともいえないくすんだ色合いになっている。

「じゃあ、英語しゃべれるの？」

ジュンは聞いた。

「英語でしゃべってよ」

「We Can！」

「なんだ、やっぱりそれだけか」

ジュンはつぶやいた。

「今、なにしてたの？」

「We Can！」

「どこに住んでるの？」

「We Can！」

「ったく、なんなんだよう」

あきれてため息をつき、帰ろう、とレオンに声をかけた。うん、とレオンが立ち上がる。

「失礼します」

レオンはそう言って、We Canに頭を下げた。

「そんなことしなくていいって」

ジュンはレオンの腕を引っぱって、足早に公園をぬけだした。

「あー、まいった、まいった」

冗談っぽく言って、ジュンは空を仰いだ。

「レオン、あの人のこと知らないだろ？」

「はじめて会ったよ」

と、レオンが頭をふる。

「We Canって呼ばれてる不審者おじさん。子どもを追いかけたり、ズボンをおろしておしりを見せたりするんだ。近くに行っちゃいけないって言われてる」

「そんなふうには見えなかったけど」

「でも、ヤバいやつなんだよ」

西に沈んだ太陽が、四方八方にオレンジ色の光を放っている。

アカァー、アカァー。

カラスがどこかで鳴いた。夕方のあの感じがやってきそうで、ジュンはべらべらとしゃべった。

「We Can、へんなにおいしなかった？　おしっこみたいなにおい。ギョロッとした目玉が飛びだしそうだったよな。めっちゃ白目が血走ってたし。どこに住んでるんだろう。もしかして、川かな。川のところに小さな小屋がいくつかあるじゃん。ビニールで覆ってあるみたいな。あそこに住んでるのかも」

夕方の空。紺色とオレンジ色ってぜんぜん違う色なのに、どうしてあんなふうにオレンジ色が紺色に変化していくのか不思議に思う。グラデーションってやつだ。

「ねえ、ジュン」

「ん？」

「ぼくは年上の人には敬語を使うことって習ったけど、さっきジュンはあの人に敬語を使わなかった。どうして？」

「どうして、って、だってそれはWe Canだから……」

と半笑いで返したところで、言葉につまった。レオンはじっとジュンを見つめていた。ジュンはどういうわけか、レオンの顔をまともに見られなかった。

夕方がせまっていたけれど、あの、もやもやした感覚はやってこなかった。レオンに言われたことが頭のなかでぐるぐる回っていて、そしてそれははずかしいみたいな気持ちで、ますます顔を上げられなかった。

「じゃあね、ジュン」

分かれ道でレオンが立ち止まる。

「う、うん」

レオンがバイバイと手をふり、団地に向かって歩いていく。

「あ、そうだ、ジュン」

レオンがなにかを思い出したように、ふり返った。

「なに？」

「ママがいるところがいいから、こっちがいいよ」

レオンが言ったことが、さっきジュンが、前に住んでたところとこっちとどっちがいい？　と聞いた質問の答えだとわかったのは、レオンの姿が見えなくなってからだった。

10 変化の気持ち

「さて、今日はみんなの書きたい漢字をひとつ書いてもらおうかなと思っています」

書写の授業。河原崎さんだ。

「好きな漢字ってこと？」

だれかが聞いた。

「いや、好きな漢字じゃなくてもいいよ。漢字の意味も考えなくていい。書きたいと思う漢字を書けばいい」

ジュンがまっさきに思い浮かべた漢字は「一」だ。理由は簡単だから。でも、いくらなんでもなあと思い、「二」にしようか、「三」にしようかと考えた。結局ジュンは、「川」に決めた。「三」を縦にすれば「川」だ。

簡単な漢字だけど、いざ書いてみるとむずかしかった。ジュンが書くと、ヒゲみたいになってしまう。筆の毛もそろっていないから、毛先がボサボサして、ますますヒゲに見える。何度も書き直しているうちに、今度は鼻毛に見えてきた。

隣のスカイは「母」という漢字を書いていた。

「なんで『母』にしたの？」

「この字、バランスがめっちゃムズいからチャレンジしてみた」

確かに「母」という字は、どうやったってカッコ悪くなってしまう。

「ほう、『母』かあ。この漢字は女性のおっぱいみたいにも見えるでしょ。ちょんちょんと乳首が二つあって。赤ん坊に母乳をあげている姿を表す象形文字だね」

河原崎さんが説明すると、

「げえっ」

と不気味な声を発して、スカイが固まった。

「やっぱり、『父』にします」

「ちち？　やっぱりお乳じゃないの。わーはっはっは」

河原崎さんは自分で言った言葉に自分でウケて、豪快に笑っている。スカイの耳は真っ赤だ。

「いいですねえ、友達の『友』ですか」

「はい」

ルイだ。ルイが好きそうな字だなとジュンは思った。ミナは「夢」。ミナは書道を習っているから、とても上手だ。こんな字画がたくさんある漢字、自分だったら絶対に選ばないとジュンは思う。

「おお、いいですねえ。わたしの名前も、正ですよ。正と書いて、正ね」

河原崎さんがレオンに声をかける。レオンが選んだのは「正」だ。

「この漢字はとても便利です。5でちょうど正になって、2も3も4もすぐにわかるし、正が二つだと10になる。役に立ちます」

レオンの言葉を聞いて、改めて「正」という漢字のすごさに気づく。

「なんだか、わたしがほめられてるみたいだなあ」

と、河原崎さんは自分のうなじをポンと打った。

オオモリは「大」だ。オオモリのように、自分の名前から一文字選ぶ人も多かった。

「おお、シンくんは『一』かね」

やっぱり！　シンは絶対に「一」にする気がしていた。一本線だし、1って数字はシンにぴったりだ。

「シンくんの『一』は芸術的だねえ。確固とした意志が感じられていいですねえ。とても力強いです」

河原崎さんはシンが書いた半紙をかかげて、みんなに見せた。シンの顔を見たら、目が合った。シンがジュンを見て照れくさそうにほほ笑む。シンのお父さんのことがあって以来の、はじめてのシンの笑顔だ。

シンのおばあちゃんは退院して、お父さんも調子を取りもどしてきたそうだ。一時は任意同行されたことすら、シンのお父さんに責任があるような言われ方をされていた。まだ、そう思ってる人もいるかもしれない。でも、間違えたのは警察で、悪いのは犯人だ。シンのお父さんは被害者なのだ。

シンのお父さんの汚名を返上して、名誉を挽回するために、ルイのお母さんたちがいろいろと動いてくれて、その行動はまだ継続中とのことだ。警察からはなんの謝罪もないという。

おかしな話だとジュンは思う。道徳の授業でよく話し合う「思いやり」とか「親切」とか「正直」とか「勇気」とか、そういう「善い」とされることが、シンのお父さんの一件では、なんの役にも立たなかった。

向こうが勝手に間違えてシンのお父さんを警察に連れていって、シンのお父さんはいやな思いをたくさんして、おばあちゃんは入院して、マリオは学校に行けなくなって、シンは笑わなくなった。

やさしくて陽気で思いやりがあるシンのお父さんが、どうしてそんな目にあわないといけないのだろう。善い行いをしている人がつらい目にあって、よくないことをする人たちはなんの責任も負わないし、なんの痛手も負わない。

でもこれが、シンのお父さんじゃなくて総理大臣だったらどうだろう。警察が間違えて総理大臣を任意同行してしまったら、日本の警察関係者全員が土下座して謝るんじゃないだろうか。

と、そこまで考えて、総理大臣が任意同行されて事情聴取されることなんて、ありえないのだと思った。じゃあ、なんでシンのお父さんは警察に連れていかれたのだろうか。

人によって、法律が変わる。それは、ものすごく気持ち悪くて、悲しいことだとジュンは思った。そして、自分たちの力ではどうすることもできないことがひどくむなしかった。

クラス内で、シンのお父さんの一件はしずかにおさまっていった。オオモリも飽きたのか面倒になったのか、いちいちつっかからなくなった。オオモリのケガは、すっかりよくなった。スカイのケガも治って、バスケの練習に参加している。

シンのファンだった女子たちは、何事もなかったように元通りになった子もいれば、シンと距離を置くようになった子もいる。

そして、シンは少し変わった。笑顔はもどったけど、前みたいな百パーセント全力の明るさではなくなった。楽しそうにしているけれど、どこか冷めている部分もあるような気がした。ジュンには、その感じに覚えがあった。

ジュンのおじいちゃんとおばあちゃんが死んだあとのことだ。おじいちゃんとおばあちゃんがいなくなって、ジュンは変わった。わがままは影をひそめ、自分で言うのもなんだけど、素直な子になった。だって、憎まれ口をきいても反対のことを言っても、なだめすかして笑ってくれる人は、もういなかったから。

お母さんは、それどころじゃなかった。ものすごく忙しそうだった。ジュンはなるべくお母さんに心配をかけたくなかったし、子どもながらに応援したいと思った。

おじいちゃんとおばあちゃんが死んで、ジュンはほんのちょっとだけ大人になった。もしかしたらシンも今回のことで、少しだけ大人になったのかもしれない。

大人になるってことは、つまらないことだなあとジュンは思った。

11 運動会の気持ち

運動会の日は、気持ちのいい秋晴れだった。

「運動会にうってつけのお天気ねえ」

お母さんが、ジュンの部屋のカーテンを勢いよく開ける。換気するわよ、と続けて、今度は窓を全開にする。涼しい風が入ってきて、ジュンは頭から布団をかぶった。

「なにやってるの、早く起きなさいよ」

すごい力で布団をはがされた。

「日傘を持っていったほうがいいかしらね。これ以上シミができたら困るもんねえ。ふふふん」

機嫌がいい。ジュンはしぶしぶと起き上がって台所へ行った。

「ええっと、ジュンが出るのは、マット運び、六年生クラス全員リレー、百メートル走、フラッグダンスでいいの？」

プログラムを見ながら、うきうきとジュンに話しかける。ジュンは運動が得意ではないけれど、きらいというわけでもない。運動会で活躍することはないけど、教室で勉強をしているよりかは何倍もいい。

「行ってきます」

体操着姿で、水筒だけ持って家を出た。

「あとから行くからねー」

ジュン以上に楽しみにしているお母さんが手をふる。

きれいな青空が広がっている。太陽はやさしい輝きで、風は涼しくて心地いい。秋って空気がさわやかだ。

「シン！　レオン！」

前を二人が歩いている。マリオとニコルもいる。

「マリオ！」

ずっと休んでいると言っていたけど、姿を見ることができて安心した。ジュンはマリオにかけよって肩をたたいた。

「マリオ、選抜リレー出るのか？」

「うん」

「そっかあ、マリオも足が速いもんなあ」

クラス全員リレーは全生徒が参加するけれど、クラス対抗選抜リレーは足が速い人が選ばれる。一年生から六年生までそれぞれ三クラスずつあるから、一組、二組、三組で競って優勝を決める。

「マリオは何組だっけ？」

「三組」

ジュンたちは一組だ。でも、マリオの選抜リレーは応援するぞ、と思う。

「シンも選抜リレーだね」

レオンがシンに声をかける。うん、とうなずいたシンはうれしそうだった。

校長先生のあいさつ、選手宣誓が終わり、プログラムの最初は全校生徒のラジオ体操だ。朝礼台に立ってみんなに手本を見せるのはルイ。きびきびと大きく手足や腰を動かす。ジュンは、こういうところがルイの尊敬できるところだと思っている。自分だったら、はずかしくてとてもできない。

すぐに一年生の五十メートル走がはじまった。走り方がサマになっている子もいるけど、どう見てもふざけて走っているようにしか思えない子もいておもしろかった。自分にもこんなときがあったのかなあ、と思う。五年前って、まるで百年前みたいに昔のことだ。組で色分けされていて、一組が青色、二組が黄色、三組が赤色のハチマキだ。ジュンたちは一組なので、青色ハチマキをしている子を応援する。

観覧席では大勢の保護者がビニールシートに座っていた。カメラ席で三脚を立てている人もいる。グラウンドから見る広々とした空には、小さな粒のうろこ雲が浮かんでいた。まるでだれかが描いた空の絵みたいだ。本物なのに絵みたいな空。

六年生のマット運び。最初の対戦は、一組と二組。ジュンはシンとスカイと相談して、いちばん左側のマットを狙うことにした。スタートの合図とともに、スカイがマットの上に座りこんで、相手に取らせない作戦だ。

ピストルの音と共にスカイが飛びだしてマットの上に座りこんで陣取ると、二組の連中は早々にあきらめて隣のマットへ標的を変えた。やった、一枚ゲット。ジュンとシンが自分たちの陣地にマットを運びこんでいるうちに、今度はスカイが、二組が引っぱっているマットに飛び乗った。二組の三人は、スカイが乗ったマットごと引っぱっていく。

ジュンとシンは急いで加勢に向かった。スカイも立ち上がって、三対三でマットを引っ張り合う。二組よりだったマットは、三人の力でどうにか真ん中まで引っぱってくることができた。渾身の力で引っぱる。ジュンたち、一組のほうが力が強い。エイッ、エイッ！

と三人で息を合わせて引っぱり、かなり優勢になった。よし、ここで一気にこっちの陣地に持ちこむぞ。

そうこうしているうちに、二組の生徒が三人、加勢にやってきた。六対三になってあっという間に劣勢になる。あれよあれよという間にズルズルと引きずられていく。ジュンがつまずいた拍子にひざが地面について、そのまま引っぱられた。

そのときだ。ふわっと風が吹いて、マットが止まった。

「え？」

オオモリだった。オオモリがマットのはしをむんずとつかんで引っぱっているのだった。

そのうちに他のクラスメート二人もやってきた。これで六対六だ。

力はこっちのほうが強かった。二組の六人を引きずりながら、見事自分たちの陣地にマットを入れることに成功した。

ひざ小僧から血がにじんだけど、痛さなんて感じなかった。スカイとオオモリはなにもしゃべらなかったし、シンもオオモリのほうを見なかったけれど、さっそうと現れたオオモリに助けられた。オオモリはかっこよかった。

百メートル走は、タイムが近い者同士の五人で走る。ジュンは三位だったけれど、この

五人は中くらいの速さのメンバーだから、ジュンの足の速さは、どこまでも中くらいということになる。

最終の五人は足の速いチームで、スカイとシンとオオモリが一緒だ。

「よーい……」

パーン。

ピストルが鳴った。出だしはスカイがいちばんだった。すぐにシンが追いついて、シンが先頭になった。オオモリが加速してきて、シンに追いつく。ほとんど同時のゴール。

「どっちだ」

「シンじゃない？」

「いや、オオモリの頭のほうが前だった」

それぞれが口にする。ゴールで見ていた先生が、シンの腕をとって一位の旗のところに連れていった。

やったあ！　シンだ、シンが一着だ！　二着がオオモリで、スカイは三着。ジュンはなんだか鼻が高かった。おれの友達は足が速いんだぞって、みんなに自慢したい気分だ。

お昼休憩。お母さんは、ルイのお母さんと一緒にいた。ちぇっ、一緒に食べるなら、男子のほうがいい。ジュンはさっさと食べて、シンやスカイと合流することにした。

「ほら、手ぐらい拭きなさいよ。まっくろじゃない」

お母さんがおしぼりを差しだす。手を拭くと、おしぼりが茶色くなった。

「ジュンはマット運び、がんばったもんね」

ルイのお母さんが笑顔をよこす。

ジュンはおにぎりを頬ばった。外で食べるごはんはおいしい。甘い卵焼きと、濃い味つけのからあげが絶妙だ。

「あっ、シャインマスカット！」

タッパーのなかで、大きくつやつやと輝いている。

「奮発して買っちゃったわ」

お母さんがウインクする。

「こっちも食べてね」

ルイのお母さんが巨峰をすすめてくれた。シャインマスカットと巨峰、どっちも甘くて、それなのにさっぱりしていて、体中が元気になる気がした。普段家で食べるのは、ちょっと小粒の外国産のぶどうばかり。それもおいしいけど、やっぱりシャインマスカットと巨峰にはかなわない。

「ごちそうさま」

昨日買ってもらったグミを持って、ジュンは立ち上がった。

「もう行くの？」

ルイが声をあげる。

「もっとゆっくり食べなさいよ。ほら、筑前煮もあるわよ」

お母さんが続ける。

「すぐに動いたら胃がびっくりするわよ。ジュンってば」

お母さんの小言を背中で聞きながら、シートをあとにした。スカイはすぐに見つかった。

神妙な顔で、お母さんらしき人と一緒にお弁当を食べていた。なんだか声をかけるのがためらわれて、スルーすることにした。

レオンを見つけた。お母さんとニコルと一緒に、骨つき肉にかぶりついている。

「ああ、ジュン」

レオンがジュンを見上げる。

「食べる？　どうぞ」

レオンのお母さんが骨つき肉を差しだす。オレンジ色に照っていて、思わず手がのびた。

レオンのうちのシートに座って、骨つき肉に食らいつく。スパイシーでとってもおいしかった。レオンはまだのんびりと食べている様子だったので、小袋グミをレオンとニコルに渡して、シンをさがした。

シンのところはにぎやかだった。ひときわ大きなシートに、おじいちゃん、おばあちゃん、お父さん、お母さん、シン、マリオ、他にも見知らぬ人が四人座っていて、小さい子も二人いる。

「よう、ジュン」

シンのお父さんだ。

「こんにちは」

「たくさん作ったから食べていきなさいよ」

シンのお母さんが、笑顔でタッパーを差しだす。

「もうお腹いっぱいです」

「ほら、つっ立ってないで座りなよ」

シンのお父さんに言われて、座らせてもらった。入院していたというおばあちゃんは元気そうだった。なにを話しているかはわからなかったけど、ときおりけらけらと手をたたいて笑っていて、こっちまで楽しくなった。

「はい、グミ」

マリオに渡すと、おれも持ってきた、と言って、べつの種類のグミをくれた。

「やっぱ、グミだよな」

うん、とマリオがうなずく。シンにも渡すと、サンキューと言って一粒のグミを高く放って、見事口に着地させた。

「グミ最強説」

と言って笑い合う。

シンのお父さんもお母さんもおじいちゃんもおばあちゃんも、みんなが大きな声で笑っていて、シンの家族の場所だけマンガの効果線が立ってるみたいにバーンと明るかった。もちろん、明るいだけじゃないことも知っているけど、でもジュンの目には、どこの家族よりも明るく楽しそうに見えた。


午後の最初の競技は、保護者の障害物競走だ。全学年競技で、ハードルとび、ネットくぐり、平均台歩き、お玉でピンポン玉運び、と続く。まずは男性チーム。一組、二組、三組から各二人ずつの六人だ。お父さんでもおじいちゃんでもお兄さんでも親戚の人でもいいことになっていて、それぞれが、組色のハチマキをつけている。

二コースにシンのお父さんが立った。短パンからすらっとのびた脚が、いかにも俊敏そうだ。

「シンのお父さん！　がんばってー！」

ジュンがありったけの音量で声援を送ると、シンのお父さんが気づいて、大きく手をふってくれた。

「よーい」

バーンッ。

ピストルの音と同時にみんなが一斉に飛びだした。先頭はシンのお父さんだ。ハードルを高くとび、ネットを軽くくぐり、平均台をさわやかに歩き、お玉にピンポン玉をのせて軽快に走る。ピンポン玉がはねて一度落ちたけど、すぐに持ち直した。シンのお父さんは最初から最後までトップをキープしたまま、一着でゴールした。さすが、シンのお父さん！どのお父さんより、ダントツでかっこいい。

次は女性グループの障害物競走だ。スタートラインに立つ保護者を見て、ええっ!? と、二度見した。お母さんが立っているのだった。うそだろ、聞いてない。

「ねえ、あれ、青のハチマキしてるのって、ジュンのお母さんじゃない？」

ルイがひじでついてくる。思わず、シーッと人差し指を立てた。みんなに知られたくない。だって、うちのお母さんが走ったり運動したりするのを、これまで見たことがない。

運動神経、未知数。めっちゃ差をつけられてのビリだったらどうしようと、心配になる。

ピストルが鳴った。見たいような見たくないような感じで、ジュンは無意識に目を細めた。狭い視界からお母さんをこっそりと追う。

ハードルとび。最初の一人がつまずくと、みんなも次々とハードルを倒してつまずいた。ジュンのお母さんも派手に転んだ。立ち上がるのに時間がかかって、この時点でお母さんはビリだった。

けれど次のネットくぐりで、二位に浮上した。平均台では途中二回落ちて、またビリになった。最後のお玉でピンポン玉運びでは、上位の人たちがピンポン玉を落とすなか、しっかりとした足取りで着実に進んで、結果、お母さんは三位でゴールした。

「ふうーっ」

思わず息をはきだした。心臓がドキドキした。寿命が縮まった。


フラッグダンスを終えて、残すはクラス対抗選抜リレーだ。それぞれの学年、各クラスから選抜された四人が、四年生、二年生、一年生、三年生、五年生、六年生の順番に走る。各組二十四人でのリレーだ。運動会でいちばん盛り上がる競技。

六年一組からは、シン、オオモリ、スカイ、エマが出場する。女子から一人の選抜だったエマは、スカイと同じくらいに足が速い。

　四年生三人がスタートラインに立った。

「位置について。よーい……」

　バンッ！

　一組はインコースだ。

「行けーっ！　一組！」

　選抜リレーでの得点は大きいので、応援にも力が入る。四年生から二年生にバトンが渡る。次の一年生も速かった。バトンを持った腕を大きくふっている。落とさないか心配だったけれど、みんな無事に次の三年生に渡した。この時点で一組は二位。

「マリオ！」

　マリオが走る。マリオは三組だけど、もちろん応援する。マリオはめっちゃ速かった。あっという間に一組をぬかした。一組の一員としては残念だけど、マリオだったら許す。

　次は五年生。高学年は、さすがにスピードが段違いだ。ここでまた、一組が二位になった。一位は二組、三位は三組だ。

「一組！　その調子だ！　行けー！」

　ハチマキをふり回しながら声をあげた瞬間、一組と二組の腕が接触して二人が失速した。

どちらも転倒することなく持ち直したけれど、一位におどりでた三組との差が広がった。

次は六年生。トップランナーはスカイ。

「スカーイ！　がんばれえ！」

クラスみんなで声を張りあげる。二組よりほんの少し前に出た。二番手はエマだ。

「エマーっ！」

こういうときはもう、名前を呼ぶことしかできない。エマーっ、エマーっ、みんなで自然とエマコールになる。三組、一組、二組の順で、オオモリにバトンが渡る。

「あっ！」

エマからオオモリへのバトンパスで、ちょっともたついた。バトンは落とさなかったけど、二組にぬかされた。

「オオモリーっ！　がんばれえ！　オオモリーっ！」

差は縮めたものの、三位のままアンカーのシンにバトンパス。

「シンっ！　ぬかせえ！　追い越せー！」

速い！　走っているというより、まるでボールが飛んでいくみたいだ。あっという間に二組を追い越した。

「いいぞ、シンっ！　そのまま行けえー！」

シンが三組に追いついて並んだ！　すごいぞ、シン！　速すぎる！

あと少しで三組を追い越すというところで、三組が一位でゴールテープを切った。あと一メートル長かったら、絶対に勝っていた。めっちゃ惜しかった。

白熱の戦いに、保護者席も拍手喝采だ。

「すごいな、シンは！　マンガみたいに足がぐるんぐるんって輪になって回ってた！」

シンを讃えると、ルイが「なによそれ」と、無表情でツッコんできた。

「それにしてもさ。スカイもシンも、ぜんぜん平気なんだね」

「なにが？」

「オオモリのこと。シンのお父さんのことでひどいこと言ってたじゃない。スカイもそれでオオモリとケンカになったわけだし。それなのにさ、こういうときは協力的なんだね。マット運びのときもそうだったし」

「そんなの当たり前じゃん。みんな一組の優勝目指してるんだから」

「はーっ、あんたたちの思考回路についていけない」

ルイはため息をついたあとそう言って、最後にフンッ、と鼻から息をはきだした。

今年の運動会。一組は総合で二位だった。でも順位なんて、だれも気にしていない。その瞬間が楽しければいいのだ。

「予定していた人が風邪でお休みしたんだって。それで急きょ頼まれて、わたしが出たのよ」

夕食時、お母さんが障害物競走に出た理由を語った。

「運動なんてまったくしてないから、骨折でもするんじゃないかと思ってドキドキしちゃった。でも意外とおもしろかった！　ネットくぐり、わたしがいちばん速かったでしょ。ふふん」

まんざらでもなさそうに、鼻の穴をふくらませる。

「ジュン、ちゃんと見てたの？　お母さんの雄姿を」

「まあね」

夕食のおかずは、でき合いのお惣菜だ。障害物競走に参加して、疲れてなにも作りたくないと言った。そのわりに元気がいい。

「でも、とにかくケガしなくてよかったわ。仕事に行けなくなっちゃうもんね。それにしても、シンは速かったねー。シンのお父さんもオリンピック選手みたいだったし。いい運動会だったわあ」

なにがオリンピック選手だ。ジュンは、お母さんの満足げな声を聞きながら、なぜだか急に、頭にくるような、悲しいようなへんな気分になった。

お母さんがケガをしたらどうしよう、と突然不安に思ったのだ。ケガや病気や事故とかで、もしお母さんが急にいなくなったら？　お父さんやおじいちゃんやおばあちゃんの側に行ってしまったら……？　一人でどうやって過ごしていけばいいのだろうと、ジュンはとうとつに思い当たったのだった。

お母さんがさっき、障害物競走でケガをしなくてよかった、なんて言うからだ。もし万が一、そんな事態になったら、自分は新潟のおばあちゃんのところに行くのだろうか。新潟はお母さんの実家だ。

新潟のおばあちゃんのことは好きだけど、そこでずっと生活するのはいやだ。伯父さんや伯母さんやいとこたちが大勢いて、楽しいかもしれないけれど、自分の居場所がなくなる気がした。

「……勝手に障害物競走とかに出るなよな」

「なによ、急に。どうしたの、ジュン」

「お母さんとおれ、二人きりなんだから、ケガとかされたら困る！」

「え？　なあに、へんなの」

「困るから！」

声を張ったら、次の瞬間泣きそうになった。ジュンはあわてて席を立った。

「先にお風呂入る」

なによ、急に。おかしな子ねえ。あきれたようなお母さんの声を聞きながら、風呂場に向かった。服を脱いでいたら、本当に涙が出てきた。湯船につかって顔を洗う。自分でもなにがなんだかわからない。知らないうちに、ひっくひくとしゃくりあげている。

お母さんがいなくなったらどうしよう。一人きりになったらどうしよう。怖くて不安で悲しくて、涙は次から次へとあふれてきた。

12

見えない気持ち

十一月も半ばを過ぎて、気持ちのいい晴れの日が続いている。ついこの間まで夏が居残っている気がして、ちょっと肌寒(はだざむ)い日でも半袖(はんそで)だったけれど、ジュンもいよいよ長袖(ながそで)を着るようになった。

日本には四季があるけど、そのなかでもやっぱり夏と冬の力は強くて、暑さはいつまでも居続けるし、寒さもなかなか去ってはくれない。だから、春と秋は担当(たんとう)期間がちょっと短い気がする。

「空気がキリッとしてるから、なんだかやせた気になってたけど、ひさしぶりに体重計に乗ったら三キロも増えてたのよ、ショック！」

お母さんが一人で騒(さわ)いでいる。ジュンは、テレビを見ながら朝食を食べていた。

「どうしよう、ジュン。ヤバい」

「テレビが聞こえないからしずかにしてよ」

「なによ、冷たいわねえ。まあ、いっか。ちょっとくらい、ぽっちゃりしてたほうがかわいいもんねー」

「……かわいいとかキモッ」

小さな声でつぶやいたのに、こういうときばかり耳ざといお母さんは、キッとジュンをにらんで、

「テレビなんか見てないで、さっさと食べてきれいに食器を洗ってから行きなさいよ。鍵もちゃんとかけるのよ。いいわね！」

とするどく言いはなって仕事に行ってしまった。とんだとばっちりだ。

ジュンはテレビを消して、素直に食器を洗った。家の鍵もきちんとかけてから外に出た。たまにはちゃんとやってやるか、と思ったのだった。

高い空を見上げる。空気がさわやかだ。短い秋の出番到来。ジュンの家にはほんの少しの庭があるけれど、この時期になると小さな赤い花がところどころ咲きはじめて、楽しそうに見える。なんていう花なのか、前にお母さんに聞いたけどお母さんも知らなかった。最初は鉢植えだったらしいけれど、あんまり葉っぱを広げるので地植えにしたそうだ。だれも手入れをしないけどモサモサと腕を広げて、地面に沿うように四方八方にのびている。

かがんで、ちらちらと咲いている赤い花に鼻を近づけようとしたら、だれかにランドセ

ルを引っぱられたみたいになって、おっと、と地面にうしろ手をついた。

ランドセルの肩ひもがきついのだった。ジュンはランドセルをおろして、ひもを長くするために穴の位置を二つ緩めた。少し背がのびたのかもしれない。だったらいいなあと、ジュンは思った。


その日の四時間目、事件は起こった。

「なにこれえ!?」

金切り声をあげたのはルイだ。

「だれがやったのよ!?」

怒りで顔が赤くなっている。

「どうしたんですか」

宇野先生が眉をひそめる。

「先生、わたしの教科書が切られています!」

ルイが社会科の教科書をかかげた。ルイの教科書に目をやると、表紙と中身の数ページが切られていた。

「まあ……!」

目を丸くして宇野先生が驚きの声をあげる。

「やだ、わたしの教科書も切られてる！」

エリーの大きな声。

「他にも、教科書が切られている人はいますか」

先生がたずねると、カリナも手をあげた。カリナは今にも泣きだしそうだ。

「これ、ハサミだ。ハサミで切られてる！」ルイが叫ぶ。

「体育の授業中に切ったんじゃない!?」

エリーが言い、「ケント?」と続けた。みんなが一斉にケントを見た。

前の三時間目の授業は体育だった。グラウンドで幅とびをやった。その間、目が痛いと言って授業を休んだのはケントだけだ。眼帯をした目をわざとらしく、みんなに見せびらかしていた。ほこりが舞うと目が痛くなると言って、ケントはグラウンドにも出ないで教室に残っていたのだ。

「おれじゃねえよ」

と、ニヤニヤしながらケントは言った。その言い方で、絶対にこいつが犯人だとクラスの全員がわかった。

ケントはなんていうのか、はっきり言ってどうしようもないやつだ。だらしなくて、約束を守らない。机は鼻くそだらけで、自分の意見が通らないとすぐにつばをはく。

　強い相手には逆らわないけど、力の弱い男子や女子に対してはすぐになぐるふりをして怖がらせる。目立ちたがり屋で人前に出るのが好きだけど、しりをたたいてみせたり、ズボンのチャックをおろそうとしたりするから、みんなに敬遠されている。自分勝手でうそつきで、すぐに人の悪口を言うし、常にマウントをとりたがるから面倒なのだ。いつも手がベタベタしているのも最悪だ。

「あっ！　ケントの机のなかにハサミが入ってる！」

　ケントのうしろの席のユウキが、ケントの机のなかをのぞきこむようにして言った。

「おれじゃねえって」

　そう言って、へらへらと笑う。

　宇野先生は、切られた三人の教科書を集めて、点検するようにゆっくりとページをめくった。

「教科書の切れはし！　発見したぞ！」

　ユウキが叫んだ。教室内がさらに騒がしくなった。

「ケント！　なんで教科書を切ったんだよ」

「そうだよ、なんでだよ！」

「人の教科書を切るなんて信じられねえ！」

「理由を言いなさいよ！」

「なに考えてんのよ！」

みんながケントにせまる。

「おれのせいにすんなよう。おれじゃねえよ」

ケントはまだへらへらしていた。宇野先生がケントを呼んで、二人で廊下に出ていった。

その間に、ジュンはルイのところへ行って教科書を見た。ギザギザに切られていた。これはひどい。そのうちにカリナが泣きだした。カリナの教科書は特にひどかった。ルイは猛烈に怒っていて、エリーはうんざりしたように肩を落としていた。

宇野先生とケントがもどってきた。

「はい、みんな席について。ケントさんから話があります。聞いてください」

ニヤニヤしながら身体をよじっているケントを、先生がうながす。

「ほら、なんて言うんですか。どうぞ、ケントさん」

背中をポンとたたかれて、ケントはさらにニヤニヤした。

「どうして、人の教科書を切ったりしたのよ！」

我慢できなくなったのか、ルイが声を張りあげる。

「理由を言いなさいよ！」

今にも鼻の穴から湯気が出てきそうだ。

「理由なんてねえよう」

ケントがぐるんぐるんと首をふって笑う。クラスは大ブーイングだ。

「とにかく謝りなさいよ！」

「そうだよ！　謝って」

エリーも立ち上がる。

「ケントさん、ほら」

先生が再度うながす。

「おれ、べつに悪くないから謝らない。目が痛いからしょうがないじゃん。見えなかったんだよ」

わけがわからない。

「おいっ、ケント。いいかげんにしろよ」

スカイがどなるように言った。

「ほんと、ふつうじゃねえよ。切りたきゃ自分の教科書切れよ」

オオモリも加勢する。シンもレオンもみんな怒っていた。人の教科書を切り刻むなんて、ありえない。

その日、ケントは結局謝らなかった。ニヤニヤしていたと思ったら、急に泣きだしたからだ。おいおいと声をあげて涙を流し、自供も謝罪もうやむやになった。

翌日から、女子たちはケントと話さなくなった。ジュンも話したくなかった。これまでも仲がいいわけではなかったけれど、さらにイヤさが増した。

そのうちに男子たちもケントを遠巻きに見るようになった。これまでケントと一緒にいた連中もみんなに同調してか、つるむのをやめたようだった。

三日後、ケントは学校を休んだ。その次もその次の日も休んだ。べつにだれもなにも思わなかった。休みたければ、勝手に休め。知ったこっちゃない、という気持ちだった。

ルイとエリーとカリナの社会科の教科書は、ケントの親が弁償することになった。弁償するということは、ケントは教科書を切ったことを認めたということだろう。

「新しくなって、よかったじゃん」

ジュンは真新しい教科書を見て、ルイに言った。

「新しい教科書なんて、ぜんぜんうれしくない。メモもしてあったし、ずっと使ってて愛着があったんだから」

「ふうん」

「セロハンテープで補修しようとしたけど、なくなってる部分も多かったから無理だった。それに、ケントが切ったのかと思うとなんだか触るのもイヤになった」

ルイはそう言って、顔をしかめた。


ケントが学校に来なくなって二週間後、ケントのお母さんが学校にやってきた。息子がいじめにあっている。みんなから無視されて不登校になった、とどなりこんできたそうだ。教科書を切られた三人を名指しで批判して、学校の責任がどうとか、担任の責任がどうとか、親の責任がどうとか、そういうことをまくし立てたらしい。

ジュンはその話をルイから聞いた。ルイのお母さん情報だ。ルイのお母さんは、探偵にでもなったほうがいいんじゃないだろうか。あらゆることを知っている。すばらしい情報網だ。

でも、どうして、ケントに教科書を切られた三人が批判されるのかわからない。ケントのお母さんは、なにか勘違いしてるんじゃないだろうか。人の教科書を切ったケントが、まず悪い。

「一時間目は理科の授業ですが、今日はクラス会議を開こうと思います」

宇野先生が真剣な口調で、みんなの顔を見渡した。

「ケントさんのことです」

教室内に失笑めいた、ため息が起こる。

「ケントさんは今、学校を休んでいます。みんなに無視されるのがつらいということです。そのことについて、みんなで話し合いたいと思います。意見がある人どうぞ」

ルイがすぐさま手をあげた。

「人の大事な教科書を理由もなく切って、自分が切ったことも認めない人とはしゃべりたくありません」

「わたしもそう思います」

「わたしもです」

教科書を切られた三人だ。

「当たり前の感情だと思います。それにわたしたちは、他の人たちにケントを無視するようになんて頼んでいません。みんなケントの態度がいやだと思ったから、口をききたくないんじゃないでしょうか」

バキバキの目力でルイがしゃべる。ジュンはルイの言う通りだと思った。人の教科書をハサミで切り裂いておいて、謝りもしないやつと口をききたくないのは当然だ。

三人以外からも、次々と意見が出た。ひどいことをしたのに、謝らないなんて信じられ

ない。これまで我慢してたけど、もう限界。すぐにぶつまねをするからイヤだ。威張って
て、人の話を聞かないから無理。すぐに鼻くそをつけようとする。ノートに落書きされた。
髪の毛を引っぱられた、などなど。

「だからといって、無視していいんですか？」

先生がたずねる。

「無視してるわけじゃないです。ケントから話しかけられることもないし。しゃべること
がないから話さないだけです」

スカイが返すと、先生はこれみよがしな大きなため息をついた。

「みんながケントさんと話さないというのは、無視と同じことです。どんな理由があった
としても、友達を無視するのはよくないことです」

友達じゃねえよ、とオオモリがつぶやく。

「先生。まさかとは思いますけど、ケントのお母さんが文句を言ってきたから、急にクラ
ス会議を開いたわけじゃないですよね？」

スカイの言葉に、宇野先生の頬がかすかにひきつった。先生は深呼吸をしてから、

「ケントさんが学校に来ない理由を話し合いたいだけです」

と、冷静に答えた。

「わたしたちがケントをいじめてるってことですか？」

ルイが鼻の穴を広げて意見する。

「一対大勢というのは、ちょっとひきょうじゃないかしら」

ひきょうという言葉に、クラスはしんとなった。そんなことを担任の先生に言われたのが、ショックだった。

ジュンは、とたんに気が重くなった。ケントのことは好きじゃない。これまでも自分から話しかけることはなかったけど、ケントから話しかけられればこたえていた。でも、教科書のことがあってからは、話しかけられたくないから、ケントには近よらなかった。みんなも、きっと自分と同じじゃないかと思う。

ひきょう。自分たちがしたことは、ひきょうなのだろうか。でも、先生の言うことも、もしかしたら一理あるのかもしれない。「どんな理由があれ、◯◯してはいけない」というのは、いじめ撲滅の基本の文言だからだ。

「先生！　わたしがしていることは、いじめなんですか？　教科書を切られたわたしたちのほうが、いじめられたんじゃないですか？　全員仲良くなんて無理だと思います。わたしは自分で友達を選びたいし、ケントが謝るまでは口をききたくありません」

ルイの言うことはもっともだ。友達は自分で選びたい。全員で仲良しこよしなんて無理な話だ。それなのに、なんで先生はケントの味方をするんだろう。

宇野先生は眉間にしわをよせて、少しの間考えるそぶりをしていたけれど、

「でも無視はよくないと思います」と言った。

「だって実際、それによって、ケントさんは学校に来なくなったんですから」

教室はまた少しざわめいた。

先生とルイ。どっちが正しいのか、頭をひねってもジュンにはわからなかった。

「先生」

と、手をあげたのはミナだ。ジュンは、ひそかに驚いた。ミナは教科書を切られた三人ではなかったし、なによりこういう場面で、自分の意見を言うタイプではないからだ。

「聞きたいことがあります」

全員がミナに注目した。

「どうぞ」

「夏休み前の、発表会の配役のことです」

「発表会って、『注文の多い料理店』のことですか？」

先生の言葉に、ミナが大きくうなずく。

七月に文化発表会というのがあって、ジュンたちのクラスは『注文の多い料理店』の劇

をやった。

「ずっと学校を休んでいたアイリンに、精霊の役をやらせたのはどうしてですか？」

クラスがどよめきに包まれた。なに急に？　ケントの話じゃないの？　と、声が聞こえる。ジュンの頭のなかも、クエスチョンマークだった。

「その話はまたあとにしましょう。今はケントさんの話ですから」

先生はそう言ったけれど、ミナは強い視線のまま話を続けた。

「精霊の役はやりたい人が他にもいました。それなのに、どうしてアイリンを選んだんですか？」

劇では、原作にはない役も多く登場した。なかでも精霊役は出番も多く、いい役どころだった。ちなみにジュンは、木の役だった。ひゅーと風が吹いて、身体を左右にゆらした。アホみたいだと思いながら、「ゆっさゆっさ」と声を出しながら身体をゆらしたことを思い出す。

「アイリンはずっと学校を休んでいました。練習にも参加していませんでした。それなのに、どうして精霊役に選んだんですか？　精霊役をやりたい女子は他にもいたのに、なんでですか？」

めずらしくミナの語気が荒くなっている。

夏休み前まで、来たり来なかったりだったアイリンは、夏休みあとからほとんど学校に来ていない。今日も休んでいる。

ごくたまに来れば、みんなで歓迎して、本人も居心地よさそうに見えたけれど、普段の授業の日は来なかった。でも遠足や運動会、家庭科の調理実習の日は登校した。

楽しいときだけ来ていいなあ、ずるいなあと、かげで言うクラスメートもいたけれど、ジュンは毎日学校に行って友達に会いたかったから、アイリンのことをいいとは思わなかった。でも勉強は苦手だったから、宿題やテストをやらなくていいのはうらやましかった。

「アイリンさんは精霊役をやりたがっていましたよね。発表会の配役を決めるときに、みんなにアイリンさんを精霊役にしていいですかと、ちゃんと聞いたはずです。多数決で決まりましたよね。これでアイリンさんが学校に来てくれるといいね、という意見が多かったはずです」

先生が不満げな表情で言う。

「いやです、なんて言えない雰囲気だったからです。いやです、なんて言ったら、不登校のアイリンをいじめてるみたいになってしまうから」

みんな、真剣にミナの意見に耳を傾けている。

「わたしはアイリンのことを友達だと思ってるし、学校に来てくれればうれしいから、しやべったり遊んだりします。でも、不登校だからっていう理由で、劇の役に選ぶのは違うと思います。学校に来ている人より、来ていない人のほうが得ってことになります！　そんなのおかしいです！」

少しの間のあと、女子の何人かが小さく拍手をした。拍手は徐々に大きくなっていって、ジュンも拍手に参加した。ミナの言うことはもっともだと思ったからだ。

「ちょっと待って」先生がみんなを制す。

「アイリンさんは、普段学校に来るのはむずかしいけれど、みんなと一緒に劇には参加したいと言っていましたよね。先生はその気持ちを尊重しました。わかりますか？」

「……でも！　じゃあ、アカリの気持ちは尊重しなくていいんですか？　アカリは精霊役をやるつもりで練習していました。最初、精霊役はアカリがやることに決まっていたからです。わたしもアカリに精霊役をやってほしかったです。一緒に何度も練習したんです」

アカリは、ミナの親友だ。ミナは演劇が好きで、地域の劇団にも入って活動している。『注文の多い料理店』では、物語を引っぱっていく主役の山猫役だった。

「アカリは、精霊役をやるのをとても楽しみにしていました」

「もちろん知っています。だから、アカリさんにちゃんと説明して納得してもらいました。そうですよね、アカリさん」

先生に問われ、アカリは今にも泣きそうな顔になった。唇をかんだままの状態で、まるで動けないみたいだった。

「みなさん。弱っている友達を助けていくことが大事だって、これまで何度も話し合ってきましたよね？」

「先生、あのときいちばん弱っていたのは、アカリです！　先生なのに、そんなこともわからないんですか！」

ミナが声を張った。そこにいた全員が目を丸くして、ミナを見た。こんなミナを見たのは、はじめてだ。

ミナは怒っていた。ミナが怒るなんて……！　とジュンはものすごくびっくりしていた。びっくりして、そのあとは、ミナに対して申し訳なくなった。七月の発表会のとき、ミナがそんな気持ちだったなんて、まったく知らなかったからだ。アカリが精霊役をやりたかったのは知っていたけど、アイリンには快く譲ったものだと勝手に理解していた。

「ミナさん、その態度はよくないです。言葉遣いに気をつけてください！」

これまで穏やかだった先生の顔が、一転して厳しくなる。と、ここでミナがしずかに泣きだした。先生が怖くてというより、緊張の糸が切れたみたいだった。

「……まあ、とにかく。劇のことはまた今度話しましょう。今は、ケントさんのことです」

仕切り直すように、先生が手をひとつ打つ。

「あっ、わかった！　そうか、わかったぞ！」

急にでかい声を出して、立ち上がったのはスカイだ。

「なんでミナが急に劇のことを言いだしたのか、ずっと考えてたんだけど、おれ、今わかったわ」

ジュンはスカイに目をやった。

「ケントとアイリンの騒動は似ています」スカイがきっぱりと言う。

「先生が、少数派を優遇しすぎるってことです。義務教育で大事なのは、公平な指導だと思います」

先生はここでまた血相を変えて、スカイをにらみつけた。

「弱いほう、人数が少ない側を大事にするのはわかります。でも、優遇するのは違うと思います。学校に来なくなったからといって、ケントがしたことはチャラになりません。人の教科書を切り刻むことは悪いことであって、まずはケントに反省してもらうのが先です。教科書を切られた女子たちが、ケントと口をきかないのは仕方ないですよ。そりゃあ、ムカつきますもん」スカイの口は止まらない。

「劇のことだってそうです。アイリンがどうして学校に来ないのかはわからないけど、不登校だからって特別扱いするのは違う。精霊の役に立候補して、前々から練習していたアカリに降りてもらって、学校に来てなくて練習にもろくに参加していないアイリンにやらせるのって、やっぱりどう考えてもおかしいですよ。精霊役をやらせてくれるなら登校するって、そんなのおどしと同じじゃないですか？　てか、ただのえこひいきです。多様性の尊重？　人にやさしい取り組み？　SDGsっぽいことを意識してるのかもしれないけど、ちょっと違くないですか？　逆差別になりますよ」

スカイが一気に言った。SDGs、前に学校に講師の人が来て話してくれたけど、なんだっけ。持続可能ななんとか……？

「先生にとってはの、ただのアピールだとしたらおれはがっかりです。もしくは声の大きい保護者に対していい顔を見せたいだけか」

「なっ……！」

「そうそう、バスケでも似たようなことがあったな。うちのバスケチーム、女子が一人だけいるんだけど、試合のときにコーチが交代で出場させるんだ。その女子よりも、うまくて年数も長く続けているチームメイトがいるってのに、他のチームへのアピールとして出すんだ。うちのチームは男女平等ですってさ。まったくおかしな話だよ」

「関係のない話をしないでっ！」

宇野先生の顔が赤い。

「アカリは捨て駒だったんだ。ほんと災難だったよ。気の毒だ」

「なんてこと言うんですか！　だまりなさいっ！」

「先生。声がでかくなってますよ。話し合うときは、大きな声を出さないこと、ですよね？」

「スカイさんっ！」

般若の顔で、先生が一歩ふみだしたところで、

「ううっ、ひぃーっく」

と、アカリが泣きだした。ミナがアカリのところにかけよる。

ジュンは目が覚めたような気持ちだった。なるほど、そういう考えもあるのかと、深くうなずいてしまった。不登校のアイリンのことばかりに目がいって、アカリのことを見ていなかった。見ていたとしても、アカリなら大丈夫だろうと勝手に思ってしまっていた。

「ありがとう、スカイ！　今のでよくわかったよ！　あのときはわからなくて、アイリンの精霊役に賛成しちゃったんだ。ごめん、アカリ」

思ったことがそのまま、ジュンの口から出た。

そのあと、なぜかクラス丸ごと、先生に怒られた。怒られたけど、ジュンはべつになんとも思わなかった。先生の言うことが百パーセント正しいとは限らないと、自分の頭でわ

かったからだ。きっとみんなもそうだったと思う。

「わたし、ミナのことをやっぱり好きだと思った」

と、わざわざジュンのところに来て言ったのは、ルイだ。

「おれにじゃなくてミナ本人に言えば？」

「スカイはやりすぎだけど、さすがだと思った」

「それもおれにじゃなくて、スカイに言えばいいじゃん」

ルイはジュンの言葉を無視して、有意義だったわー、と満足げに告げて去っていった。


その日から間をおかずにケントは学校に来て、三人に謝った。ルイたちはとりあえず許した。そして、なぜ教科書を切ったのかという理由も白状した。三人の女子のことが好きだったからだそうだ。五歳児かよ！　と、しょうもなさすぎて脱力だった。

「先生も若いからねえ。まだまだ勉強中ってことよ」

ルイやジュンたちのお母さん連中の間では、今回の件は、そういうことで落ち着いたらしい。もちろん、ルイが詳細に伝えたことによって、お母さんたちの知るところとなった。

宇野先生は二十八歳だ。ぜんぜん若くないと思うけど、お母さんよりは断然若いから、まあそんなものなのかな、とジュンは思った。

13 スカイの気持ち

近ごろスカイがへんだ。元気がない。ぼうっとしていることが多いし、いつものキレのある発言もない。

「なんかあった？　スカイ」

「なんもない」

と、返すスカイの顔が暗い。

「あ、えんぴつ忘れたのか。ほらこれ」

ジュンが筆箱を忘れたと勝手に勘違いして、スカイがえんぴつを差しだす。渡された2Bのえんぴつの芯は丸まったままだ。

「筆箱はちゃんと持ってきたよ」

ジュンはえんぴつを返した。ああ、そう、と言ったきり、スカイは腕を組んで足をのばしたままの姿勢で、黒板の一点を見つめている。一体どうしたんだろうか。こんなスカイ、はじめてだ。

「スーカイ、元気か？」

シンがやってきて、スカイの肩をもむ。

「……ああ」

気のない返事に、シンと顔を見合わせた。

「今日は火曜日ごはんだから、スカイも来れば？」

「……え、なに」

「火曜日ごはんよ！」

ルイが急にやってきて口を挟む。

「ああ、火曜日か」

「来る？」

「無理」

即座に断って、またぼんやりとする。

「フンッ、スカイに元気がないのはただの気まぐれだね、きっと」

ルイはそう言って、プイと離れていった。

その日の、火曜日ごはんのメニューは親子丼だった。大勢の分を一気に作るから、卵はふわふわじゃなかったけれど、ジュンは固い卵のほうが好きだからむしろうれしかった。

「ぼく、親子丼大好きなんだ。甘いソースがいいね」

レオンが親子丼をおかわりしながら言う。ジュンもおかわりした。今日は人数が少なくて、いつもより多くあまってる。そのうちにシンもおかわりした。

「みんながおかわりしてくれて、うれしいわ」

ルイのお母さんは満足そうだ。

食事のあと、五人で人生ゲームをやった。ルイのお母さんが子どものころに使っていたというシロモノで、台もお札もボロボロだ。車に乗せる人のピンも三つしかなくて、つまようじを代わりに使った。

「スカイ、昨日うちに来たんだよ」

ルーレットを回したタイミングで、レオンが言った。

「えっ?!」

と、みんなの声がそろう。

「めずらしくない?」

ルイが言い、みんなもうなずいた。

「うん。スカイが来たのははじめて」

「なにしに来たの？」

「近くまで来たからって。うちでジュース飲んで帰ったよ」

レオンの家でジュースを飲むスカイを想像すると、なんだかおかしかった。

「なんでうちにはよらないんだよー」

シンが言う。シンとレオンは同じ団地群だから、シンがむくれるのもわかる。

「シンの家には行ったことがあるからじゃないかな？」

と、レオンが理由になっているのか、いないのかわからないことを言う。

「とにかく最近のスカイはちょっとおかしいよね。いつものクールさ皆無だもの」

ミナが大きな目をぐるりと回した。

「どうせさ、スカイに聞いてもなにも教えてくれないと思うから、見守るしかないね」

ルイの言葉にみんなでうなずいて、「ひいばあちゃんち」でのスカイの話は終わった。

「本当に大丈夫かしら。さっきジュンのお母さんには連絡しておいたけど……。ちょっと待ってよ、ジュン！」

ルイのお母さんが呼び止めたけど、ジュンはさっさと出ていった。

「一人で大丈夫！　さようなら。ごちそうさまでした」

今日は大人の数が少なくて、送っていく人が限られていた。低学年の子から送っていくから、それに合わせて遠回りして帰るのはいやだった。だって、ジュンの家はすぐそこだ。外はまっくらだった。昼の時間は短くなって、夜の時間が世界を支配している。空を見上げると星が見えた。ひときわ輝（かがや）いている星がひとつある。あれはなんていう星だろう。

「おい」

空を見上げながら歩いていたから、突然（とつぜん）の声にビクッととびのいた。

「なに、口開けて歩いてんだよ。電柱にぶつかるぞ」

「ダイ！」

ダイがニカッと笑う。

「よお。元気か、ジュン」

ひさしぶりに会えてうれしくなる。やっぱり一人で帰って正解だった。

「これから仕事？」

「ああ、そうだ。お前は？」

「火曜日ごはんに行ってきて、帰るところ」

「火曜日ごはん？　なんだそれ」

ジュンは、火曜日ごはんのことをダイに説明した。

「今度、ダイも一緒に行こうよ」

「ハッ、そんなとこ行くわけねえだろ」

カカッと笑う。

「あ、そうだ。昨日スカイに会ったぜ」

「ほんと？　どこで？」

「おれの家のとこ。だれか友達でもいるんじゃね？」

聞けば、ダイが住んでいるところは、棟が違うだけでシンとレオンと同じ団地群だった。

「まじか、偶然だな。みんな仲間ってわけだな。おっと、もう時間だ。じゃあな、ジュン」

「うん」

ダイに手をふった。

夜の空気は冷たかった。ジュンは、ウインドブレーカーのジッパーをいちばん上まで上げた。

「ジューン！」

家の前でお母さんが手をふっている。

「ルイのお母さんから連絡もらって。あんたが一人で帰ってくるって言うから心配になって」

「そんなの平気に決まってるだろ。おれ、もう中学生になるんだから、一人で大丈夫」

お母さんは鼻で笑って、こんなんで本当に中学生になれるのかしらね、と失礼なことを言った。

「ううっ、寒い。家に入ろう」

「うん」

家のなかも寒かったけど、それでも外よりはぜんぜんあったかかった。


お父さんが地球に立って、ジュンに向かって手をふっている。地球が小さいのかお父さんが大きいのかわからないけど、大きなビーチボールの上に立っている感じ。

あれ？　ということは、自分がいるのは地球じゃないのかな、とジュンは思う。確認してみると、ジュンが立っているのも、お父さんが立っている地球と同じだった。地球って二つあるんだなあとジュンは思う。ジュンはお父さんに手をふり返した。特に話すこともなかったから、

「またねー、バイバイ、お父さん」

と大きな声を出した。

「おう、またな、ジュン」

お父さんがとびきりの笑顔で答えると、隣り合っていた二つの地球は、互いにシューッと遠くにはなれていった。

へんな夢。だけど、これまで見たお父さんの夢のなかで、今日見た夢がいちばんリアルだった。内容は現実的じゃないけれど、なんていうのか、夢じゃなくて、生きている自分に近しいものに感じた。自分にとっての正解の夢、だと思えた。

お父さんはもうこの地球にはいなくて、べつの地球にいる。でもそこは、ジュンのいる地球と双子のように並んで重なっていて、いつでも取りだせるようになっている。そんな感じだった。


「おはよ、スカイ。昨日ダイに会ったら、団地のところでスカイに会ったって言ってたよ」

「んあ？」

今日も本調子ではないようだ。

「あー、ダイな。レオンのとこに行った帰りに会ったんだ。同じ団地だったんだな」

「うん、そうみたいだね」

「おれもあの団地に住みたいなあ……」

のびをしながら、そんなことを言う。

「はあ？　スカイ、一体どうしちゃったんだよ」

スカイはジュンの顔を一瞬見てから、ああっ、と叫んで髪の毛をくしゃくしゃにかき回して、頭を抱えた。

「いよいよヤバいな、スカイのやつ」

シンが目を大きくさせる。

「長いよね」

レオンが言う。元気のない期間が長いということだろう。

「今日、スカイんちに突撃しようぜ」

シンが白い歯を見せてニカッと笑った。シンの目って、白目のところが水色だ。すごく澄んでいてきれいなのだ。

「うん、いいよ」

レオンがおっとりとうなずく。レオンのやさしい顔と声は、まわりの空気をやわらかくする。癒しってやつだ。

その日の放課後、シンとレオンとジュンの三人で、スカイの家へ向かった。水曜日はバスケだけど、十二月からは休んでいると聞いている。中学受験の勉強に専念するらしい。

親命令だとスカイは言っていた。

スカイが住んでいるのは川の向こうで、ここ数年はマンションラッシュの地域だ。スカイは一年生のときに越してきた。当時は、こんな背の高いマンションができるなんて、とみんな驚いていたけれど、今となっては驚くような高さではない。もっと背の高いマンションが、いくつもできたからだ。

「何階だっけ？」

「六階。６０５だったよな、確か」

ジュンは低学年のころに、一度だけ行ったことがあった。スカイが風邪で学校を休んだ日に、プリントを持っていったのだ。スカイのお父さんが在宅していて、あがってと言うのであがらせてもらった。どこもかしこもピカピカだった。

風邪がうつったら大変だからということで、スカイは部屋から出てこずに、ジュンはスカイのお父さんと向かい合って、出されたジュースとお菓子を食べた。銀紙に包まれた、見たこともないようなお菓子が出てきて、びっくりするほどおいしかったけど、口のなかの水分を全部持っていかれて、一杯のジュースではぜんぜん足りなかった。でも、おかわりとも言えずに、ジュンはそそくさと帰って、公園の水飲み場で水をぐびぐび飲んだのだった。

マンションの入り口の扉はオートロックになっていて、暗証番号で開くようになっている。もしくは、インターホンを鳴らして扉を開けてもらうかの、どちらかだ。暗証番号なんてわからないので、だれがインターホンを鳴らすかでもめていたところに、マンションの住人がやってきて扉を開けた。三人ですばやくすべりこむ。その人を先に行かせてから、やってきたエレベーターに乗りこんだ。

「めんどくせーな」

シンが眉をよせる。

「スペシャルだね」

レオンが笑う。

二人ともスカイの家に来るのははじめてだそうだ。605号室の呼び鈴を鳴らす。

「はい？」

けげんそうな声が届いた。たぶんお母さんだろう。マンションの入り口ではなく、いきなり家まで来たから驚いているのかもしれない。ここでもまただれが名前を告げて、スカイを呼んでもらうかでひじをつき合う。

「ああ、学校の……」

ぐずぐずしていたせいか、向こうから先に返事が来て、すぐにドアが開いた。

「あ、あの、スカイくんいますか？」

シンが言い、順に自己紹介する。

「わざわざ来てくれて悪いんだけど、今さっき出かけちゃったのよ。コンビニに行くって言ってたから、もう帰ってくると思うんだけど。あがって待ってる？」

三人で顔を見合わせて、あやふやに首をかしげる。

「じゃあ、いいです。また今度にします」

シンがジュンたちの気持ちを代表して伝えてくれ、三人でぺこりと頭を下げてスカイの家をあとにした。

「たぶんファミマかセブンだな」

「うん、行ってみよう」

外は、幕を下ろされたみたいに暗かった。スカイの家によっている少しの間に、日が落ちたらしい。夕方を感じずにすんでよかったけど、ちょっとだけだまされたような気分にもなる。

ファミマまで、三人でぶらぶらと歩く。

「お金、持ってきた？」

シンが聞く。

「ぼくは持ってこなかった」

レオンが肩を持ち上げる。

ジュンがポケットをさぐると、なぜか二百円入っていた。洗濯に出し忘れて、部屋のすみに丸まっていたジーンズをはいてきたからだろう。

「二百円ある」

「おれ五百円あるから、ジュンと足して七百円。なんか三人で食おうぜ」

「ぼく、いいよ」

「いいって」

ファミチキを三つ買って、三人で食べながら歩いた。ファミチキは最高にうまいけど、ファミマにスカイはいなかった。そのままセブンまで歩く。

「スカイ、いればいいな」

「うん」

切った爪みたいな細い月が出ている。その下にひとつ輝く星が見える。もうすぐ冬休み。クリスマスとお正月がやってくる。ポケモンカードが欲しい、と冷蔵庫に大きなメモをはっておいたけど、サンタクロースはかなえてくれるだろうか。

「あっ、あれ、スカイじゃね？」

シンが指をさす。セブンの車止めの柵に、スカイが腰かけているのが見えた。

「スカイ！」

と手をふったところで、隣にだれかがいることに気がついた。

「あれ、We Canさんじゃない？」

レオンが言う。

「マジか！」

見れば確かにWe Canだ！　どうしてスカイと一緒にいるんだ？

「どうしたんだよ、三人そろって」

スカイが手をあげる。

「今、スカイんちに行ってきたところ」

ジュンの言葉に「マジで？」と、スカイが顔をしかめた。

「なんか用だった？」

「当たり前だろ。用があるから、スカイをさがして、スカイんちまで行ったんだよ」

シンが一歩進みでるも、We Canがニヤニヤ笑いながらこっちを見ているので調子がくるう。寒いのに、ハイビスカスのアロハシャツ一枚だ。

「ハロー！　ボーイズ」

We Canが手を上げる。

「ゲッ」

と声に出したのはシンで、

「こんにちは。いや、こんばんは、ですね」

とあいさつをしたのは、レオンだ。

「おっほ、『こんばんは』のほうが、今の空の色に合ってるね」

そう返したWe Canの言葉に、ジュンはドキッとした。自分が思ったことを、We Canが言ったからだ。シンもびっくりした顔をしている。「We Can」としか、しゃべれないと思っていたのだろう。ジュンも以前はそう思っていたので、気持ちはよくわかる。

「こんばんは」

レオンが改めて言い直した。We Canが笑顔でレオンを見る。なんとなくの流れで、ジュンたちもコンビニの柵に腰かけた。

「で？　なんの用？」

スカイがたずねる。

「その前に、なんでスカイは、ええっと、ウィ……この人と一緒にいるの？」

ジュンは、We Canをちらっと見て言った。

「ここで偶然会って話してただけだよ。おれたちさ、勝手にWe Canって呼んでたけど、福光さんっていう名前なんだってさ」

「イエス。マイネームイズ福光」

We Canに名前があるなんて、考えたこともなかった。

「ヒーイズウォーリー」

「は？　なんて？」

「彼は悩んでいます」

レオンが訳した。レオンは英語が得意だ。

「君たち、友達。ヒーイズウォーリー」

We Canはそう言って立ち上がり、

「グッバイ、グッナイ、ハバナイスデーイ」

と手をふって、とことこと歩いていった。

「歩き方かわいいな」

遠ざかっていくWe Canを見ながら、シンが笑う。左右に身体をどてっ、どてっ、とゆすりながら歩く姿はどこか楽しげで、シンが言う通り、かわいく見えなくもなかった。

「福光さん、お母さんと二人暮らしなんだってさ。お母さん、九十二歳だって。足が悪いから、日常のことは全部福光さんがやってるんだって。三丁目に空き地あるだろ？　あそこの裏通りに住んでるそうだ。ちなみに福光さんは散歩が趣味」

「そ、そうなんだ」

まさかスカイから、We Canの情報を教えられるとは思ってもみなかった。

「おれ、We Canってヤバいやつだって勝手に思ってた。いろんなうわさもあったしさ。でもぜんぜん違ってた。ふつうにいい人だった」

スカイは少し元気になったように思えた。We Canのおかげだろうか。

「ねえ、スカイ。悩みってなに。教えて」

レオンがたずねた。We Canが「彼は悩んでいます」と言ったということは、スカイはWe Canに自分の悩みを打ち明けたということだ。

「We Canに言えて、おれたちに言えないってことはないだろ」

と、ジュンは少し怒りながら言った。

「……友達には言えないことでも、We Canには言えるってこともあるんだって、今日わかったところだ」

スカイがつぶやく。

「なんだそれ」

「いいから話せよ」

「スカイの悩みを知りたいよ」

三人でスカイにつめよる。

「スカイのことが心配でさがしてたんだ。最近、元気がないからさ」

シンの言葉にスカイは小さくうなずいた。それから、すうっと息を吸って、ひと息に言った。

「おれ、引っ越すんだわ」

ジュンは一瞬ぽかんとしたあと、えええーっ!?　と絶叫した。シンの声もそろった。レオンは控えめに、えっ、と発して、その声はジュンとシンの声にかき消された。

「なんだよ、それ！　マジか！」

「マジだ」

「いつ!?　どこに！」

最後のほうは、悲鳴みたいになった。

「卒業式までは、こっちにいる予定」

そう言って、東京にある地区名を言った。ジュンには、それがどこにあるのかわからなかった。

「ここから、電車で一時間くらいかな」

「……どうして、そんな急に」

「おれが受験する中学、ちょっと遠いんだよね。だからおれの入学時期に合わせたみたい。引っ越しするのは、親は前から決めてたみたいだけど」

聞けばスカイのお父さんの職場が変わって、引っ越し先のほうが近くなるんだそうだ。スカイのお母さんの仕事場は、どちらからでも同じくらいの距離だから問題ないらしい。

「あーあ、つまんねえな」

スカイがのびをしながら声を張る。

「おれ、ここが好きなんだよ」

ここっていうのは、この町のことだろう。ジュンが生まれ育って、今も住んでいて、きっとこれからも住んでいく町。

「もう会えなくなるの?」

ジュンは聞いた。

「会おうと思えば会える。ここから電車で一時間」

「一時間なんてすぐじゃん」

シンが言う。

「まあ、そうなんだけど。でもさ、会おうと思わなければ会えない」

「そりゃそうだ」

「スカイは、引っ越したらもう、ぼくたちに会おうと思わないってこと？」

レオンの質問に、スカイがゆっくりと首をふる。

「おれじゃないさ」

「じゃあ、おれたちがってことか？」

ジュンはムキになって言った。スカイはなにも答えない。おれは会いたいよ、とジュンは言いたかったけど、なんだかムカついて口には出せなかった。

「それで、スカイは落ちこんでたんだね」

レオンの言葉に、まあね、とスカイが口のはしを持ち上げた。

「ぼくたち、子どもだから仕方ないよ」

そう言ったレオンの顔をスカイはじっと見つめて、ほんのかすかにうなずいた。それから、ばかみたいに大きな声で、

「早く大人になりてえなあ！」

と叫んだ。

「ヤバい、時間」

スマホを見たスカイが、我に返ったようにつぶやいて、柵から飛び降りた。ジュンたちもそれにならった。

「じゃあな」

一人だけ帰る方向が違うスカイが手をふり、ジュンとシンとレオンも手をふった。スカイはあっという間に見えなくなった。

「まっくらだな。寒い」

シンがぶるっと震えて、自分の腕をかき抱く。

「We Can、ぺらっぺらの半袖シャツだったな。寒くないのかな。元気だな。若いな」

続けてシンがひと息に言い、思わず笑う。

十二月の夜空はまっくらだけど、ジュンはなにも怖くなかった。むしろ、夜が力強くより添ってくれる感じがした。

「スカイ、引っ越しちゃうんだね」

「びっくりだったな」

「引っ越したら、もう会わなくなると思う？」

ジュンは二人に聞いた。

「会えるんじゃね？」

とシンが言い、レオンもうなずいた。

「スカイ、引っ越しのことで悩んでたんだなー」

ジュンは棒読みで唱えるように言ってみた。スカイは地元の公立中に行かないから、同じ中学校に通えないことはわかっていたけど、まさか地元からいなくなるなんて考えもしなかった。

「中学になったらスマホ買ってもらえるから、すぐに連絡取れるし」

ジュンはお母さんとの約束で、中学生になったらスマホデビューさせてもらうことになっている。スマホがあれば、どこにいたってつながれるから大丈夫だ。

「なあ、スカイんちって、まだぜんぜん新しいよな」

シンが道端の小石をける。小石は勢いよく飛んでいって、どこかの家の塀にぶつかった。

「それなのに、また引っ越すんだな。すげえ金持ち」

「うらやましいってこと？」

たずねると、べつに、と返ってきた。

「そういうことが、世の中にはたくさんあるんだなって思っただけ」

怒ってるでもなく悲しんでるでもない、いつものシンの顔だった。

「でもさ、スカイは引っ越したくないんだよね。ぼくも今の家が好きだから引っ越したくない」

レオンが言う。

「おれは早くどっか行きたい。うち、六人もいるから狭い」

今度はふてくされたような顔でシンが言う。

シンとレオンの団地が見えてきた。駐車場と入り口に電灯がともっていて、巨大な団地群を浮かび上がらせる。シンはここから出ていきたいんだ。自分はどうだろう、とジュンは思う。そんなこと、考えたこともなかった。

「じゃあな」

「うん、じゃあね」

手をふり合って別れた。すっかり味方になってくれた夜のなかを、ジュンは全速力でつっ走った。スカイが引っ越してしまうことが、つまらなくて残念でさみしかった。

14

年末年始の気持ち

冬休み初日は、クリスマスイブだ。火曜日じゃなかったけれど、「ひいばあちゃんち」でクリスマス会をやるということで、集まりたい子どもたちは「ひいばあちゃんち」へ集合した。ジュンのお母さんも手伝いに行くということで、一緒に行った。

今日のメニューはチキンとピザとコーンスープ。デザートはケーキ。来ていたのは、よく顔を見かけるメンバーだったけれど、今日は親と一緒の子も多かった。

ジュンたちはルイに頼まれて、昨日から部屋の飾りつけに忙しかった。輪っか飾りを作るのが面倒でうんざりしたけど、ルイの姉のアンがてきぱきと指示を出して、みんなをまとめてくれたから、なんとかやり遂げることができた。ルイよりもアンのほうが数倍やさしい。

大きなクリスマスツリーには、モールのサンタやクリスマスボールが飾られている。てっぺんには金色の大きな星。七夕の笹と間違えて、短冊に願い事を書いているやつもいる。

「なにこれ、ローストチキンだと思ってたのに、からあげじゃん！　うそつき」

ジュンとシンが文句を言うと、

「ローストチキンとは書いてないじゃない」

「からあげもチキンだよ」

と、ジュンのお母さんとシンのお母さんに速攻返された。今日はめずらしく、シンのお母さんも手伝いに来ている。シンのお父さんも一緒だ。

文句を言ったからあげだったけど、にんにくとしょうががきいていて、いくらでも食べられた。ピザもコーンスープも大人気で、あっという間になくなった。

ケーキは既製品のスポンジに生クリームをぬっただけのものだったけど、イチゴがたくさんのっていて、ちょっとすっぱかったけどうれしかった。ヨシアキんちの青果店からのプレゼントだそうだ。

シンのお父さんがジングルベルの歌をギターで弾いて、みんなで歌った。シンのお父さんは、子どもたち、特に小さい子たちに大人気で、シンのお父さんがなにか言うたびに子どもたちはゲラゲラと腹を抱えて笑った。

「スカイも来られたらよかったのにね」

ルイが言う。スカイが引っ越しすることは、もうみんなに伝わった。

「スカイは勉強が大変だから」

「つまんないこと言うね、ジュン」

「つまんなくないだろ。本当のことだ」

スカイが受験の勉強で大変なのは、みんな知ってる。うちの小学校から中学受験するのはスカイだけだ。受験するっていうのは、きっとものすごく大変なことだろう。スカイは元から勉強ができるけど、それよりももっと勉強しなくちゃいけないはずだ。

「みんなと同じ中学に行けばいいのにさ。私立中になんて行こうとするから、引っ越しなんてしなくちゃいけなくなるんだよ」

「今さらなに言ってんだよ。スカイが決めたことなんだからいいだろ」

「だって、そうじゃない」

「感じ悪いな」

不機嫌なルイにつき合っていられない。どんなときも機嫌よくいなさいよ、とお母さんはよく言う。言われるときはうるさいなあと思うけど、その通りだとジュンは今思った。

「ところで、ジュンって親友いる？」

ルイのとうとつな質問に、思わず「はあ？」とすっとんきょうな声が出た。

「親友よ。いるの？」

「特別な仲良しってことなら、スカイ、シン、レオンかな」

「ふうん」

「ルイは？」

「……わかんない」

「ミナだろ。家庭科で作ったエプロンだって、おそろいだったじゃん」

「あれは、たまたま二人ともスヌーピーが好きだっただけ」

「ふうん。あれ、そういえばミナは？」

　部屋を見渡すと、ミナはアカリとオセロをやっていた。今日はクリスマス会だから、普段来ない人も来ていて、アカリもそのうちの一人だ。

「ミナはアカリと親友」

　ルイが言う。

「親友って、両思いじゃないといけないわけ？」

「そりゃそうでしょ」

「ミナは、ルイの片思いってわけ？」

「うるさい、バカ」

「バカはそっちだろ。ルイがミナのことを親友だって思ってれば、親友じゃん。相手のことより自分の気持ちだろ」

そう返すと、ルイはものすごくへんな顔でジュンを見たあと、フンッ、と鼻息荒くどこかへ行ってしまった。

ジュンは、シンとレオンとジェンガをやって、瞬殺で負けた。「ひいばあちゃんち」には、ゲーム機やトレーディングカードなどを持ちこんではいけないことになっている。持っていない子に配慮、ということらしい。だからここでの遊びは、「ひいばあちゃんち」にあるボードゲームやトランプが多い。

ふと気になってルイをさがすと、ルイは一人で本を読んでいた。ミナはアカリと笑い合っている。一緒に遊べばいいのにと思う。

最後にルイのお母さんからあいさつがあって、今年の火曜日ごはんは、終了となった。今日の「ひいばあちゃんち」は、いつもよりにぎやかで笑い声も大きかった。


年末にお母さんとお墓参りに行った。

「お墓参りってお彼岸に行くんじゃないの？　寒いよ」

耳がちぎれるんじゃないかと思うほどの冷たい風が、首と顔に吹きつける。お寺は山のほうにあって、車で三十分ほどかかる。

「一年の終わりなんだから、お墓をきれいにするのよ。うちだって大掃除したじゃない。パパやおじいちゃん、おばあちゃんに、気持ちよく年越ししてもらわなくちゃね。ほら、さっさとバケツに水くんできて」

げーっ、と言いながら、ジュンは水くみ場に向かった。なるべく水に手をつけないようにして蛇口をひねる。水がたまったところで、ひしゃくをひとつ借りてバケツにつっこんだ。

「ひゃっ」

水が手にかかって反射的に声を上げたけど、冷たくなかった。水より空気のほうが冷たいのだ。

バケツを持っていくと、ジュンもやりなさい、とお母さんにブラシを渡された。ところどころ黒く汚れている。ブラシでこすって、ひしゃくで水をかけた。お母さんが香花と切り花を水鉢に入れる。

「きれいになったね。ありがとう、ジュン。パパもおじいちゃんもおばあちゃんも喜んでるわ。ご先祖様たちも」

お母さんがお線香の束に火をつけて、半分をジュンに渡す。二人でしゃがんで手を合わせる。こういうとき、なんて言えばいいんだろ。南無阿弥陀仏？　南無妙法蓮華経？

わからないから、「こんにちは、ジュンです」と、いつもと同じことを言った。

だってお墓のなかには、ジュンの知らない人もいる。墓石の側面に、お父さん、おじいちゃん、おばあちゃん以外に三人の名前が書いてある。おじいちゃんの両親とおじいちゃんの妹みたいだけど、いくら身内でも会ったことがないから話しかけづらい。

「おかげさまでジュンもわたしも元気です。ご先祖様いつもありがとうございます」

しばらくぶつぶつと墓石に向かってしゃべっていたお母さんが、大きな声で言った。いつものしめのあいさつだ。

「ねえ、お母さん」

「ん？」

「死んだらどこに行くの？　死んだ世界でも生きてるわけ？」

「うーん、それは死んでみなくちゃわからないわね。でもさ、死んで帰ってきた人はいないからだれにもわからないってこと。死んでからのお楽しみってわけ」

なぜか愉快気（ゆかいげ）に言う。たまに仏壇（ぶつだん）を前に涙（なみだ）ぐんでいるときもあるのに、お楽しみだなんてへんなの。

「死んだら死んだ人に会えるの？」

「会いたいと思ったら会えるでしょ」

やけに自信たっぷりだ。

「ふうん」

見上げた空は、きれいな青だった。雲ひとつない。お墓参りに来るときは、なぜかいつも青空だ。この空のもっと先に天国があるのだろうか。そこにお父さんたちがいるのだろうか。死んだら身体がふうっと浮き上がって、空を通り越してその向こうにある場所にたどり着くのだろうか。

死ぬのは怖い。死にたくない。でも、こないだ見た夢のように、もうひとつの地球があるのだとして、そこにお父さんやおじいちゃんやおばあちゃんがいて、自分もそこに行けるなら、と思うと少し気が楽になる。

「お母さん、おれより先に死なないでよ」

「なによ、急に。あんたより先に死ぬに決まってるでしょ。順番なんだから」

「なんでだよ」

ふいに、運動会のときに感じた不安が襲ってくる。

「なにムキになってるの。まだまだ先の話じゃない。わたしが死ぬのは、あんたがおじいちゃんになってからよ。そのとき、わたしは大おばあちゃんね」

そう言って笑う。

「本当におれがおじいちゃんになってから死んでよ」

「ちょっとジュン、お墓の前で死ぬとか死んでよとか、やめてよ。さあ、帰るわよ。買い物して帰らなくちゃ。ほら、バケツ片付(かたづ)けてきて」

お母さんはバケツとひしゃくをジュンにおしつけて、さっさと歩いていった。


年が明けた。お母さんと初詣(はつもうで)に行って、屋台でイカ焼きとたこ焼きと綿菓子(わたがし)を買ってもらった。さすがお正月、ぜいたくな気分になった。お年玉は三千円だ。

お母さんが連日うるさく言うから、書き初めとワークの宿題は三日までにやっつけた。

残りの冬休みは、シンとレオンと遊んだ。公園でシンのサッカーの練習につき合ったり、校庭にあるバスケットゴールでシュート対決をしたり、ゲームをしたりだ。

冬休み最後の日、レオンは家の用事があるというので、シンと二人でひばり公園のベンチでカードゲームをした。

「明日から学校なんて信じられない」

冬休みの短さは、毎度のことながらがっかりだ。

「ジュンは学校好きだろ？　だったらいいじゃん」

「学校は好きだけど、勉強がいやなんだよ」

「おれだって、勉強好きじゃないよ。でもさ、すぐに春休みだ。ってか、おれたち卒業じゃん。春休み終わったら中学生だぜ」

シンの言葉に、はっとした。小学校を卒業することも、中学生になることも、もちろん承知していたけど、改めて耳にするとちょっと驚いてしまう。だって中学生って、大人って感じがする。

「寒いなあ。なあ、ちょっと身体動かそうぜ」

シンが、持ってきたサッカーボールを取りだした。

「えー、二人でやるの？　やだよ、おれにボール回ってこないもん」

「パスならいいだろ」

言いながら、もうボールをけっている。仕方なくジュンも立ち上がった。

シンのパスはうまいけど、ジュンのパスはへたくそだ。ジュンはほとんど動かなくていいけど、シンは右に行ったり左に行ったり遠くまで走ったり大変そうだ。

そのうちに、シンは一人でドリブルをしはじめた。うん、そのほうが正解だ。ジュンはベンチに座ってシンを眺めた。ドリブルのあとは、リフティング。つま先や腿や頭を使って、ボールを落とすことなく続けている。上手だから、見ているだけでおもしろい。

「おーい、ジュン！」

大きな声にふり向くと、ダイが手をふりながらこっちに来るところだった。

「新年初だから、あけましておめでとう、だな」

とあいさつされた。

「あけましておめでとう、ダイ」

「冬休みか？　いいなあ、小学生は」

「ダイは？」

「おれ、今日は休み。元日から仕事してたからな」

ダイはベンチに座って、持っていたペットボトルのカフェオレを飲んだ。

「あれ、だれだ？　お前のダチか？」

「うん、シンだよ。サッカーがうまいんだ」

一人でボールを器用に操っているシンを、ダイが見つめる。

「シンって、前に言ってたシンか？　ほら、おやじが警察に連れていかれたっていう」

「うん」

「そうか。よし、おれもいっちょうやったるか」

上着をさっと脱いでベンチに放る。

「シン！　おれが相手だ！」

シンは、突然知らない人間に名前を呼ばれてびっくりした様子だったけど、ダイがボールをけりだすと、あっという間に一緒になって遊びはじめた。

ダイもうまかった。二人のプレイを見るのは、まったく飽きなかった。よく足だけで、あんなことができるものだと感嘆する。

「あー、疲れた」

この寒空の下、二人の額には汗が光っている。

「おもしろかったあ」

シンはいつの間にか半袖姿だ。

「なんか飲むか？　おごってやるよ」

ダイはコーラ、シンはアクエリアス、ジュンはお汁粉にした。

「ジュン、お前、熱くて甘いやつを飲むのかよ！」

ダイが大笑いする。

「ダイさんは、ジュンの友達ですか？」

敬語だ。サッカーをやっているシンは上下関係にうるさい。

「なんだよ。しゃちほこばってよう。タメ口でいいに決まってんだろ。ジュンとはちょっと前に友達になったんだ。なっ、ジュン」

「うん」

「友達のお父さんが間違えて事情聴取されてどうのこうのって言っててさ。スカイも一緒だったよな」

ダイは、その友達がシンだってことを伏せて、そう言った。ジュンははじめてダイに会

ったときのことを、シンに話した。スカイと聞きこみをしていたことだ。

「おれにはお前の気持ちが痛いほどよくわかるぜ、兄弟。大変だったな」

ダイは、シンの兄貴みたいにシンの肩に手を回した。このときのシンの顔を、ジュンは忘れられない。とにかく、ものすごくうれしそうだった。

「どうやらおれたち、同じ団地らしいぜ」

ダイが言うと、シンはさらにうれしそうな顔になった。

「おっと、おれはもう帰らなくちゃ。シン、またサッカーやろうぜ」

「うん！」

ダイは、ガニマタで肩をいからせたクセのある歩き方で帰っていった。

そのあと、再びカードゲームをやった。シンはお年玉で買ったカードがレアだったらしく、自慢げに何度もジュンに見せた。汗が冷えて寒くなってきたのか、いつの間にかダウンジャケットを着ている。半袖Tシャツの上に着ているのが、もこもこのダウンジャケットというのもシンらしい。

「そろそろ帰るか」

オレンジ色の夕焼けのなか、二人で帰った。

「なあ、ジュン。お父さんのこと、どうもありがと。さっきダイが言ってた聞きこみのこと」

「いや、おれじゃなくて、ほとんどスカイがやってくれたんだ」

「そうか、うん。二人ともありがと」

シンが照れたように砂利をける。

「おれさ、お父さんのあれこれで、いろんなことがちょっとずつ変わった。人をきらいになったり好きになったりさ。これまで自分の親とかおじいちゃんおばあちゃんのことなんて、気にしたことなかったけど、でも気にする人もいるんだってことがわかった。世の中は、そう簡単じゃないってこと。でも、それがわかってよかった」

「うん」

「中学になってもよろしくな」

「なんだよ、急に」

「じゃあな」

「じゃあね、ワークがんばれよ」

シンはまだワークの宿題が残っているらしい。

「ソレなー」

笑いながらシンは手をふって、大きな団地群に吸いこまれていった。

15

ルイの気持ち

年明けの学校では、どういうわけかルイが陽キャに変身していた。「おはよー♡　きゃぴ」ってな感じで、はっきり言って気持ち悪い。

「ルイ、どうかしたの。熱でもあるんじゃない」

「なーに言ってるのよう。ジュンってば」

くねくねと答える。不気味だ。

休み時間、ルイはたいていミナといるか、本を読むか、ノートになにか書いているかだけど、今日はあらゆる女子に話しかけるという試みをしていた。急にルイになれなれしくされた女子たちは、びっくりして戸惑って、ぎこちない笑顔で相手をしている。

ルイは昔からとてもまじめで、間違ったことが大きらいな人間だ。女子たちがよく話題にしているメイクやファッションや、芸能人やユーチューバーの話にもまったく興味がない。ルイが関心あるのは、小説や環境問題や、世界で困っている人たちのニュースだ。

「あいつ、どうしたの」

スカイも面食らっているようだ。

「親友をさがしてるみたいよ」

「なんだそれ」

スカイは冬休みの間中、ずっと塾だったそうだ。大晦日も元日も勉強していたらしい。

「ルイにも悩みがあるんだな。ジュンはなさそうだけど」

「おれだって、悩みくらいはある」

スカイがいなくなることは、ジュンの心の奥底にぼんやりと沈んでいる。ときどき浮かんできて、ハッと我に返ってさみしくなるけれど、普段は見て見ないふりをしている。

「スカイは悩みある？」

「山ほどあるわい」

冗談みたいに返したスカイだったけれど、それはきっと本当なんだろうなとジュンは思った。


一週間を過ぎても、ルイのキャラ変は続いていた。毎日違うグループに顔を出して愛想をふりまき、ファッションやアイドルについても勉強したのか、ノリノリで話についていていっている。

「ルイ、すごく明るくなったよね」

そんなことを言うのはミナだ。元はといえば、ミナが原因といえなくもなかったけど、もちろんミナのせいじゃないし、ミナはルイがなぜキャラ変したのかを知らない。

「ぜんぜん怒(おこ)らなくなったし、ルイ、ずっと笑顔なんだよ。もしかして、好きな人でもできたのかな」

ミナが首をかしげる。

「なんかの遊びだろ」

「そうかなあ」

「ぼくは前のルイのほうがいい」

レオンが言う。

「そう？　レオンは強い人が好きなんだね」

レオンはミナの返しに妙(みょう)な顔をしてたけど、特になにも言わなかった。

「いつまで続くか見ものだな」

「ちょっとなあに？　わたしのうわさをしてたんでしょー」

きゃぴきゃぴしながら、ルイがやってきた。

「その感じ、まったく慣れない」

「やだあ、ジュンってば。慣れないってどういうことよう。意味わかんない」

しなをつくってルイが言う。

「ねえ、ルイ。ユナたちと一緒にメイクの研究しよ」

ミナが誘うと、ルイは、うん！　と元気よく返事をして、そそくさとミナのあとをついていった。メイクになんて興味あるのかなと思いつつ、ルイにガミガミと怒られることがなくなったから、それだけはよかったとホッとしている。


二月に入ってすぐに、ミナが入っている劇団の発表会があった。ルイのキャラ変は、最近ではかなり板についてきて、わざとらしさも鼻につかなくなってきた。たえられなくなって突然爆発しなければいいけど、とジュンはひそかに思っている。

その日はスカイの受験日だった。三校受けるらしく、そのうちのひとつだ。一月末からスカイは学校を休んでいた。風邪やインフルエンザをさけるためと、勉強の追いこみらしい。隣の席にスカイがいないのは、つまらなかった。スカイにえんぴつや消しゴムを貸してもらいたかった。スカイのえんぴつを使うと、気のせいかもしれないけど、頭がよくなった気がして勉強がはかどるのだ。

ルイ、シン、レオン、ジュンの四人で町のホールに向かった。途中、花屋さんによって、みんなでお金を出し合って小さな花束を買った。

会場にはアカリやユナなど、クラスメートの姿もあった。

「ルイ、今日はおれたちと一緒でいいわけ?」

こういうときこそ、他の友達と行ったほうがいいのでは、と思って聞いてみた。

「うん、今日はこっちのチームのほうが適切だと思ったから」

ルイなりにいろいろと考えているようだ。

「これ、なんて読むの?」

受付でもらった小冊子を指さして、ジュンは聞いた。劇のタイトルだ。

「るりいろ、よ。『瑠璃色の国』。ふりがなふってあるじゃない」

「むずかしい漢字だね。おもしろい」

レオンが指で空に「瑠璃」と書く。

「今日、スカイは試験だね。受かるといいね」

「もちろん受かるさ」

シンが自信を持って答え、ジュンもうなずいた。

『瑠璃色の国』という劇は、あらゆる国の子どもたちが、一緒に新しい国をつくるという話だった。主役だとばかり思っていたミナは、主役ではなかった。でもセリフはたくさんあって、演技は真にせまっていて、ミナのセリフで泣いているお客さんも大勢いた。

最後のカーテンコールのとき、ジュンたちは四人で舞台に近づいていって、ミナに花束を渡した。ミナは、ありがとう、となぜか口パクで返した。

「すごくよかったよねー。深い話だった。ミナの演技めっちゃうまくて引きこまれた」

会場を出たところで、ルイが劇の感想を口にする。

「うん。ミナ、とても上手だったね」

レオンがうなずく。

「おれは、劇よりサッカーのほうがいいな」

シンがロビーでサッカーのキックをする。

劇のあと、ミナとロビーで待ち合わせをしている。劇団の人とは後日、打ち上げがあるということで、今日はそのまま解散だそうだ。ミナのお父さんとお母さんも来ていたけど、すぐにお店にもどるらしい。

しばらくしてからミナがやってきた。

「お疲れさまー。ミナ、とってもよかったよ！」

ルイがミナに抱きつく。スキンシップの動作はまだまだ板についていない。

「ミナ、最高だったよ！　誘ってくれてありがとう」

「……うん」

　おや、ミナに元気がない。

「ミナ、名演技だったな」

「……ありがとう」

　大好きなシンからのほめ言葉にも、反応が鈍い。

「とりあえず、行こうか」

　今日は特別に、子どもだけでファミレスに行っていいことになっている。子ども同士で行くのは今日がはじめてだ。ジュンがお母さんに行っていいかたずねたら、

「もう中学生だもんね、早いねえ」

と、答えになっているんだか、なっていないんだかわからない返事をしたけど、花代五百円にプラスして、千円札を二枚くれたからＯＫなんだとわかった。お年玉の残りもあるから、ジュンはお金持ち気分だ。

「なに頼もうかな」

「腹減ったー」

「大人になった気分」

子どもだけでの、はじめてのファミレス。最高に気分があがる。ジュンは、エビドリアとフライドポテトを頼んだ。家ではドリアなんて絶対に出ないから、こういうときにチャレンジしたい。

シンは和風ハンバーグセット。レオンはローストビーフ丼とからあげ。ルイはマルゲリータピザ、ミナはたらこスパゲティ。ドリンクバーもみんな頼んだ。

「コンプリート！」

と言って持ってきたシンのグラスには、紫と灰色を混ぜたような薄気味悪い色の液体が入っていた。全種類のジュースを入れてきたらしい。

「うん、なかなかイケる。見た目は悪いけど」

本気なのか負け惜しみなのかわからないけど、ぐびぐびと飲んでいる。

「ちょっとシン！　まずは乾杯からでしょ！」

ルイの口調と言葉にみんな一瞬ビクッとして、それから大笑いとなった。

「ルイ、話し方、もどってるじゃん！」

「わっ、やだ、今のナシね」

ルイがバタバタと手をふる。

「では改めて。ミナの舞台成功と、スカイの合格を祈って、カンパーイ！」

「カンパーイ」

それぞれにグラスを合わせる。

「今日は来てくれてどうもありがとうね。お花もありがとう」

「すっごくよかったよ。ミナがいちばんうまかった」

ミナがぺこりと頭を下げた。

「うん、そうだな」

「歌もうまかったし」

ジュンたちがほめそやしても、ミナは浮かない顔だ。おいしくなさそうに、フォークでスパゲティを二、三本ずつ取って口に運んでいる。

「どうかした？」

「元気ないね。なんかあった？」

ミナは小さく首をふって、ふうーっと息をはきだした。

「あのね、本当はわたしが主役だったんだ」

小さくつぶやく。

「そうだったの？」

「……うん」

「どうして変わったの？」

ミナは真剣な表情でなにやら考えてる様子だ。なかなか答えようとしない。

「ミナの役、よかったよ」

レオンが言う。

「インド人の女の子の役だったよね」

そうジュンが聞いた瞬間だった。ミナの顔がくずれた。みんなの手が止まる。

「ど、どうしたの？」

ジュンはあわてふためいた。

「……最初はわたしが主役だったんだけど、途中から台本が変わってインド人の女の子が登場することになったの。そしたら急きょ、わたしがその役をやることになった」

「それが気に入らないの？」

ルイがたずねる。

「配役変更はよくあることだから、仕方ないんだけど」

「インド人の役がいやだったんだろ？」

シンが、わかってます、とばかりに言う。

「えっ、そうなの？」

ルイの言葉に、ミナは小さくうなずいた。

「ねえ、ミナ」

ルイがするどくまじめな声で、ミナの名前を呼んだ。

「ミナはさ、主役が変更になったのがいやなんじゃなくて、インド人役になったのがいやだったってこと？　そういう理解でいいわけ？」

話し方がすっかり元のルイにもどっていたけど、今はそのことをツッコむタイミングではなかった。ルイがやけに厳しい顔をしていたからだ。

「……うん、役柄がいやだった。他の役だったら、こんな気持ちにならなかったと思う」

「確認だけど、ミナは俳優になりたいんだよね？」

「うん、わたしの夢」

バンッ！

勢いよく、ルイがテーブルに手をついた。お皿がゆれてグラスのジュースがこぼれそうになる。

「ちょっとルイ」

ジュンは隣にいるルイをひじでつついた。

「うるさいっ」

ひじ鉄で返される。

「ふざけたこと言ってるんじゃないわよ。甘いよ、ミナ」

ぴしゃりと言って、ルイがミナを見据える。

「インド人の配役が気に入らないなんてバカげてる。自分の容姿を武器にするのが俳優でしょ！　ミナの演技はすばらしかった。あの役は、ミナがやることによって、さらにすばらしくなった。それのどこがいやなのよ。これからだって、インド人の役やネパール人の役があるかもしれない。日本人の役だけより、よっぽど幅が広がるじゃない。そんなことで落ちこむなんて、ばかげてる。もっと自信を持ちなさいよ！」

ルイが一気に言う。ミナの目に見る間に涙がたまった。手の甲で涙が流れないようにせわしなくぬぐう。

なんだかへんな展開になってしまった。ルイは鼻の穴を広げてミナを見つめていて、ミナは、涙をぬぐいながら思いつめたようにうつむいている。どうしたらいいかわからなかった。シンもレオンもきっと同じ気持ちだ。

「おっす！」

しんとしたテーブルに、突然大きな声が届いた。

「スカイ！」

みんなで同時に叫んだ。

「なんでここに⁉　試験は⁉」

「シンが、ここにみんなで集まってるってLINEで教えてくれたからさ。試験は終わったよ」

シンはこのお正月に、ひと足早くスマホを手に入れた。

「試験どうだった？」

「うん、大丈夫。ってか、第一志望は合格したんだ。さっきわかったとこ」

ジュンたちは顔を見合わせて、おめでとう！　と声をかけた。さっきまでの妙な雰囲気は、どこかに飛んでいった。

「腹減ったぜ」

スカイは、チーズハンバーグセットとコーンスープを注文した。

「ミナ、今日の舞台どうだった？　行けなくて悪かったな」

「ううん」

ちょっと目が赤かったけど、ミナは笑顔で答えた。

「ミナがいちばんよかった。クールだった」

ルイが言い、シンもレオンもうなずいた。もちろん、ジュンも。

「ミナの演技がすばらしくて、泣いてる人もいたよ。とにかくダントツで輝いてた。いつものミナとまったくの別人なんだから、すごいよね。スカイ、あんた見られなくて大損したよ」

ルイが続ける。

「そうだったんだ。それは残念だったな」

「スカイ、あんた、引っ越してもミナの舞台を見に来るんでしょうね！　約束しなさいよ」

前のめりのルイに、スカイは「も、もちろんだ」と顔を引いてうなずいた。

「みんながこうしてそろうの、ひさしぶりだね」

レオンがおっとりと言う。

「スカイの受験が終わったから、たくさん遊びたい、おれ」

シンが白い歯を見せる。

「ねえ、デザート頼まない？　わたし、いちばんすごいやつにする。甘いものを爆食いしたい気分」

ルイがメニューをもらって、デザートを物色する。みんなも便乗して注文することにした。今日はスーパーリッチだ。

「なあ、さっきから気になってたんだけど、ルイ、もうやめたの？」

スカイが上目遣いでルイにたずねた。

「なんのことよ」

「なに、とぼけてんだよ。八方美人のカワイイ路線のことに決まってんだろ」

ルイは、フンッと鼻の穴を広げた。

「今ここでやめた！　性に合わないことはしないことに決めた。すっごいストレスだったんだから！」

そう言って、オレンジジュースを一気飲みして、トンッとテーブルに置く。

「わはは、ルイらしいや」

シンが爆笑する。

「自分を変えることないよ。ルイはルイ」

レオンだ。ジュンはどっちでもよかったけど、キャラ変したルイと話すと、きまって背中がゾゾッとしたから、やっぱり元のルイのほうがいいのだろう。

「でもさ、怒られたりしかられたりするのはごめんだよ」

「はあ？　それはジュンが怒られたりしかられたりするようなことをするからじゃないのっ」

ハイハイ、とそっぽを向いて返す。

「わたし、やっぱり言いたいことを言いたいし、べつに一人でもいいんだ。親友いなくてもいいし」

スペシャルプリンパフェの生クリームを、大きくすくって口に入れる。

「えっ、わたし、ルイの親友じゃないの？」

ミナが目を丸くする。

「ミナの親友はアカリでしょ」

「アカリもルイも親友だよ」

ルイはぽかんとしている。

「さっきルイが言ってくれたこと、うれしかった。ルイの言う通りだと思った。自分がはずかしい。わたし、絶対に俳優(はいゆう)になる。ありがとう、ルイ」

さっきのミナの涙(なみだ)はうれし涙(なみだ)だったのか。ルイは照れたようにこめかみをむやみにかいていたけど、耳が赤かった。

「なんだかよくわからないけど、まあ、よかったよ」

スカイがおどけたように親指をつきだした。

16

卒業の気持ち

卒業式の朝。昨日の夜まで降(ふ)り続いていた雨があがって、水色の空が広がっていた。

ジュンは近所の人からもらったおさがりのスーツを着ている。ズボンの丈(たけ)がちょっと長くて、お母さんが上げてくれた。

「今日はジュンの小学校の卒業式です。春からは中学生。ここまで大きなケガや病気をしないで過ごせたことに感謝します。天国で見守ってくれた、パパ、おじいちゃん、おばあちゃん、本当にどうもありがとう」

仏壇(ぶつだん)の前で手を合わせて、お母さんがしゃべってる。

「ほら、ジュンも」

ジュンはお線香に火をつけてお鈴(りん)を鳴らした。

「これから卒業式だよ、行ってきまーす」

「なによそれ。ま、いっか」

お母さんも今日ばかりは機嫌がいいようだ。

最近、お父さんの夢は見ない。見ているのかもしれないけど、目が覚めたときには忘れてる。夢に出てくるお父さんは、アルバムのなかのお父さんのままだ。ジュンが中学生になって、高校生になって、大人になって、もっともっと年をとって、お父さんの年をこえても、それでもお父さんは若いお父さんのまま変わらないのかな、と思う。

「支度できたら、早く行きなさいよ。お母さんもあとから行くからね。もしかしたら泣いちゃうかも。あらやだ、わたしも早く準備しないと」

顔だけはすでに化粧ばっちりだ。スウェット姿だから、ちぐはぐでおもしろい。

「行ってきます」

「行ってらっしゃい」

ちょっとサイズの大きい借り物の靴で、ジュンは速足で学校へ向かった。

教室はいつもの雰囲気と違っていた。みんなが卒業式用の服を着ているせいもあるけど、それだけじゃなくて、なんていうのか、無理にはしゃいでいるような、うそっぱちの明るさがあった。

「よう、ジュン。子どもサラリーマンみたいだな」

「なんだよ、スカイ。失礼だな」

自分でもお遊戯会みたいだなと思っていたので、ずばりと言われてがっかりする。そういうスカイは、シュッとした細身のスーツを着こなしていて妙にキマってる。中学生になったら背がのびますように、とひそかに祈る。

シンとレオンもやってきた。シンは中学校の制服を着ている。めちゃくちゃ似合ってる。レオンはノーネクタイのスーツで、第二ボタンまで開けた胸元には十字架のついたネックレス。

「それ、かっこいいね」

「これ、おじいちゃんの形見のロザリオなんだ」

そう言ってレオンは、十字架をにぎった。

「天国で見守ってるよって、ママが言ってた」

「うん、そう思う。おれのお父さんとおじいちゃんとおばあちゃんも見てると思うから」

ジュンの言葉に、レオンはにっこり笑ってうなずいた。

きゃっきゃと騒がしいのは、ミナだ。アカリと二人で、手を取り合ったり抱き合ったりして、卒業式で泣いちゃったらどうしよう、とかそんなことを言い合ってる。二人とも、アイドルが着るような、高校の制服みたいな服だ。

みんな、だれかと話せずにはいられないという感じで、オオモリまでもが男子たちの輪に入ってしゃべっていた。そんななか、頬づえをついて一人で席に座っているのは、ルイだ。ルイは紺色のワンピース。

「おはよう」

ジュンが声をかけると、ああ、ジュン、と言って、顔を上げた。

「どうかしたの？」

「なにがよ」

「元気なさそうだからさ」

心配して言ってやったのに、ルイはフンッと鼻息をはきだして頭をふった。

「ジュンは相変わらずお気楽だね」

「なんだそれ」

「だって、今日で小学生最後なんだよ」

「だから、なんだよ」

「大人になるんだなあと思って」

そんなことを言って、つかの間、遠い目をする。

「アホか」

つき合っていられない。

「ちょっと！」

声をあげるルイをスルーした。

教室の窓から見える空はきれいな水色で、絵の具の白色をしぼって筆でシュッとなぞったみたいな雲が二本並んでいる。

大人になるなんて、そんな先のことはわからないけど、中学生になるんだなあ、と思う。

小学生じゃない自分なんて、想像できない。

宇野先生がやってきた。紺色のスーツ姿だ。

「みなさん、おはようございます。これから、いよいよ卒業式ですね。みなさんとは一年間のおつき合いでしたが、とても楽しくて、勉強になることも数多くありました。未熟な先生でごめんね……」

と、ここでいきなり声をつまらせた。最後のありがとう、という言葉は涙声で聞き取れないほどだった。何人かの女子がつられるように涙をぬぐっていた。

「おいおい、卒業式はこれからだぜ！」

シンが大きな声で言う。

「そうだよ、かんべんしてくれ」

スカイが続ける。泣き笑いみたいな笑い声が起こって、ジュンも笑った。笑いながら、学芸会に参加してるみたいな、ちょっとはずかしい気持ちになった。

体育館にはすでに保護者たちが座っている。大きな拍手に迎えられて、ほこらしいような照れくさいような気分。胸を張りたいけど、うつむきたいみたいな微妙な心境だ。

開会の言葉があって、国歌斉唱があった。このあとは卒業証書授与。たくさん練習したから大丈夫だ、と気合を入れる。

「六年一組　網浜留衣」

「はいっ」

ルイは六年一組の出席番号一番だから、六年生の代表として最初に卒業証書を受け取る。こういう役目に自然となってしまうのも、ルイらしい。

「右の者は、小学校の全課程を修了したことを証する」

校長先生が卒業証書を読み上げて、ルイに手渡す。ルイはきびきびした動作で受け取り、姿勢よく席にもどっていった。教室では、大人になるんだなあ、なんてしんみりしていたけど、堂々たる様子だった。

幼なじみのルイ。ルイは、中学生になっても変わらないんだろうなと思う。まじめで正直で正義感にあふれてる。そのわりに繊細なところもある。これからもクサレ縁は続きそうだけど、もうあのカワイイ路線だけはやめてほしい。

「五十嵐美菜」

二番はミナだ。ミナのお父さんはネパール人。いつもおいしいカレーを作ってくれる。この間の演劇発表会。ルイに喝を入れられるまでは落ちこんでいたけど、ミナのインド人役はすばらしかった。それは、ミナの外見がそうさせたわけじゃない。ミナが演じれば、宇宙人役だって、バッファロー役だって、なんだって自分のものにして、見ている人に感動を与えてくれるに違いないのだ。

シンのお父さんが疑いをかけられた日、シンのお父さんは運悪くタイムカードをおし忘れてしまった。シンのお父さんは実際に会社に行っていたけれど、それを証言してくれない人もいるとシンは言っていた。それを聞いたミナは「わかる」と言った。レオンもうなずいていた。あのときジュンは、どういうことなのか理由がわからなかったけど、今ならわかる。

ミナが笑顔で壇上からおりてくる。ミナ、中学生になったらシンに告白するのかな。いや、まずはシンがミナの気持ちに早く気づけよな。

「浮田光」

体育館は、まだ緊張に包まれている。ヒカルもめっちゃ緊張しているようで、ロボットみたいな動きになっている。自分の番のときは、もう少しざわついていてほしいな、とジュンは思う。シーンとしたなかで全員に注目されたら、緊張して転んでしまいそうだ。

「大森アレクサンデル」

オオモリ。また背がのびたみたいだ。スーツを着ているオオモリは、なんだかモデルみたいにいかしてる。オオモリのお母さんは、ウクライナ人だ。

鼻もちならないやつだけど、中学になったら同じクラスになってもいいなと思う。運動会のマット運びのときのオオモリは、かっこよかった。ここだけの話、さっそうと現れたオオモリがスーパーマンみたいに見えたんだ。

「川口由奈」

ユナ、グレーのロングワンピースが大人っぽい。前に、日曜日にコンビニで偶然ユナに会ったとき、ユナはメイクをしていて、声をかけられるまでだれだかわからなかった。中学生になったら、もっと大人っぽくなるんだろうなあ、なんて思う。

「木下晴玖」

ハルクが卒業証書を受け取ったあとで、「ハルク！」と保護者席から声があがった。ハルクが照れくさそうに手をふる。きっとハルクのお父さんだろう。やさしい笑いが起こり、張り詰めた空気がやわらかくなった。ジュンはホッと胸をなでおろす。

「グエン・テイ・アン」

アンはベトナム人。この学区は外国籍の生徒が多いことで有名だ。

「グエン・テイ・ミイ」

アンと、苗字とミドルネームが同じだから、最初双子かと思ったら、ぜんぜん違った。ベトナムによくある名前だそうだ。

「佐藤健斗」

ケントは蝶ネクタイをしている。さっきクラスで、みんなにひとしきりからかわれたけれど、どこかうれしそうだった。もう二度と、人の教科書を切ったりしないでくれよと思う。中学校には他の小学校からの生徒も大勢来る。いじめられないかちょっと心配だ。

「椎名莉子」

リコは黒のパンツスーツ。ショートヘアに合って、超かっこいい。

「品川隼人」

ハヤトは鉄道オタクだ。鉄道オタクにもいろいろあるけど、ハヤトは「時刻表鉄」というやつらしい。時刻表を読みながら、鉄道旅行のコースを何通りも想像するのが、なによりもたのしいそうだ。

「シム・シン」

シンのお父さんとお母さんは、カンボジア人だ。シンのお父さんが小さいころにボートピープルとして、日本にやってきた。ボートピープルというのは、紛争や政治の圧力で難民となり、小船に乗って外国に逃げる人たちのことをいうらしい。

シンのおじいちゃんとおばあちゃんは、幼いシンのお父さんを連れて、大変な思いをして日本にたどり着いた。おじいちゃんとおばあちゃんの普段の会話はクメール語で、ほとんど日本語を話せないらしいけど、シンの家族はいつでも笑顔で楽しそうだ。親戚の人も近くにいるようで、いつもにぎやかだ。

お父さんが事情聴取で警察に連行されたときのシンを思い出すと、胸がきゅうっとなる。世の中は、そう簡単じゃないってこと。でも、それがわかってよかった、とシンは言っていた。

シンは同じ団地のダイと、よくサッカーをするようになった。ダイはベトナム人。ダイの両親もボートピープルとして日本にやってきたらしい。シンやダイのお父さんたちのことは、インドシナ難民と呼ぶそうだ。むずかしくて、詳しいことはまだ理解できないけど、いつかしっかり勉強したいと思ってる。

そうそう、ベトナムとカンボジアって仲が悪いんだって。でもおれたちは仲良しだな、とダイに肩を組まれて言われたと、シンがうれしそうに話してたっけ。

卒業証書を受け取ったシンが、保護者席に向かって大きく手をふる。シンのお父さんが立ち上がって手をふり返して、「おめでとう！」と大きな声で叫んだ。体育館が笑い声に包まれて、拍手まで起こった。さすが、シンのお父さんだ。シンは中学生になっても人気者に違いない。

「須貝潤」

スカイの返事が、ちょっと上ずっていてビビる。まさか緊張しているのだろうか。あとでひやかしてやろう。

ジュンと同じ名前のスカイ。二人のジュンがいるとわかりづらいから、いつの間にかスカイは「スカイ」と呼ばれることになった。スカイが行く中学では「ジュン」と呼ばれるのだろうか。

ジュンジュンコンビで、ずっと一緒にいたかった。中学でも同じクラスになって、きれいに削ってあるえんぴつを貸してほしかった。

スカイがいなくなるのは、本当にさみしい。そのことを考えると、おおげさじゃなく、胸がはりさけそうになる。遠くに行っても会えるだろうか。また仲良く遊べるだろうか。

ときおり不安に思うけど、卒業証書を受け取るスカイのうしろ姿に、絶対に絶対に大丈夫！　と力強く言い聞かせる。おれたちはずっとずっと友達だ！

「杉田恵真」

足の速いエマ。運動会では大活躍だった。中学生になったら陸上部に入るのかな。

「杉本義明」

ヨシアキの家の青果店には、お母さんがよく買い物に行っている。いつもおまけしてくれるから申し訳ないわあと言いつつ、うれしそうだ。運動会で食べた、ヨシアキんちのシャインマスカットは最高すぎたし、「ひいばあちゃんち」でのクリスマス会で、ケーキにのっていたイチゴは赤々としていて大きかった。

「高橋愛鈴」

髪に大きな水色のリボンをつけている。アイリン、卒業式の練習には参加していたけど、それ以外では学校に来ることはなかった。中学校はどうだろう。アイリンがどういう理由で休んでいるのかは知らないけど、友達っていいよ、と余計なお世話的なことを伝えたくなる。

「張麻里」

マリのお父さんは四川料理の料理人。評判の有名店で、ちょっと高級だそうだ。いつか食べに行きたいけど、実はからいのはちょっと苦手なのだ。

「土屋絵理依」

エリーはばっさりと髪を切った。とても似合ってる。教科書をケントに切られたとき、いちばん最初に許したのがエリーだ。まあ、いいよ、仕方ない、とあきれたように首をすくめていたっけ。

さあ、エリーの次はジュンの番だ。ちょっと緊張する。

「西田淳」

「ハイッ」

ヤバい。最初の一歩、手と足を同時に出してしまった。いったん立ち止まって、仕切り直す。かすかな笑い声が聞こえる。ハズっ、と思いながら卒業証書を受け取った。頭のなかは真っ白のままだけど、よし、このまま退場だ。転ばないで席にもどれた。セーフ。

「野村十夢」

十の夢と書いてトム。前に、トムの夢ってなに？　って聞いたら、会社員、と返ってきた。世の中には、いろいろな種類の会社があると思うんだけど、そこはなんでもいいんだそうだ。

「マイカ・クルーズ・ガルシア」

マイカは韓国のアイドルグループの一人に似ているらしいけど、ジュンはそのグループを知らないからなんとも言えない。マイカのお母さんはフィリピン人だ。

「松下桂里奈」

泣き虫カリナ。ケントに教科書を切られたとき、ずっと泣いていたけど、ケントの本命はカリナだ。今日のケントのデレデレ顔を見たら一発でわかった。

「山本アリ」

アリのお父さんはエジプト人。ジュンのお母さんの実家がある新潟の伯父さんは、去年エジプト旅行に行って、ピラミッドとスフィンクスを見てきたと言っていた。お土産にピラミッドの置物をくれた。重いから文鎮として使ってる。

「吉浜朱里」

ミナと仲良しのアカリ。『注文の多い料理店』の精霊役のことは、ジュンの心にずっと引っかかっている。

あのとき、「精霊役はアイリンに」と宇野先生に提案されて、それはいいアイデアだと思ってしまった。それでアイリンが学校に来るならいいじゃないかと。アカリが一生懸命に練習していたことは知っていたけど、不登校という言葉の強さに無条件にやられてしまった。

これからは、見えないところをよく見るようにしようと、ジュンがひそかに思ったのは、アカリとミナのおかげだ。ありがとう、アカリ。

「レオン・トーマス・カストロ」

レオンはいつでもどんなときでも変わらない。四年生のときにフィリピンから越してきたレオン。来たときは、日本語なんてぜんぜんできなかったのに、今ではジュンより漢字の読み書きができる。すごい努力家だ。フィリピン語も英語もできるし、尊敬しかない。

前にジュンが、引っ越してきたときに年齢をいくつかごまかしたんじゃないか、とレオンに冗談を言ったとき、レオンはハッとして、どうしてそう思うのかと聞かれたことがあった。あのときは気づかなかったけど、もしかしたらレオンは、自分がなにか疑われているのでは、と感じたのかもしれない。フィリピンから越してくるときに、なにか問題があって、年をごまかしたとか……。レオンはきっと、ジュンがまったく思い至らないところで苦労しているんだと思うのだ。

ママがいるところがいいと言ったレオン。その通りだとジュンも思う。ジュンだってお母さんがいるところがいいに決まってる。あんな質問をした自分はアホだ。

ジュンは、レオンのWe Canに対する態度を尊敬している。うわさだけをうのみにして、We Canをばかにするような態度をとっていた自分がはずかしい。We Canは、年老いたお母さんを介護するやさしい人だ。どんなときもアロハシャツで過ごすっていうのも、意志が強くてかっこいい。アロハシャツって、ハワイの男性の正装だそうだ。今度会ったら、きちんと敬語で福光さんと話そうと思う。

「渡辺祐樹」

これで、六年一組二十六人全員の名前が呼ばれた。ユウキが堂々と証書を受け取る。続いて、二組、三組と続いた。

それから、式辞、祝辞、祝電の紹介、五年生からの別れの言葉があって、校歌を歌った。

小学校の校歌を歌うのもこれが最後だと思うと、いつもより声が出た。
最後に歌うのは、『旅立ちの日に』だ。みんなでなんべんも練習した曲。全員起立する。
指揮者の先生が指揮棒をふり、ピアノの前奏が流れた。

白い光の中に　山なみは萌えて
はるかな空の果てまでも　君は飛び立つ

出だしのところで、すでにだれかの泣き声が耳に届いた。マジかよ、と思いつつ、ジュンはお腹の底から声を出した。

勇気を翼にこめて　希望の風にのり
このひろい大空に夢をたくして

サビのところで、さらに泣き声が大きくなった。ミナがハンカチを目にあてているのが見える。先生たちも涙をぬぐっていた。宇野先生は泣きに泣いている。着物姿の河原崎さんは顔を上に向けたまま、腕を組んでいる。きっと涙が流れないようにしているのだろう。

うしろから、ひときわ大きくしゃくりあげる声が聞こえて、さりげなくふり返ってみると、スカイが顔をくしゃくしゃにして泣いていた。うそだろ、スカイ！　びっくりしているうちに、なんだかジュンの視界もにじんできた。

なつかしい友の声　ふとよみがえる
意味もないいさかいに　泣いたあのとき
心かよったうれしさに　抱き合った日よ

歌いながら、体育館にかかげてある「第六十三回　卒業式」の文字を見つめる。ジュンはとうとつに、自分が今、ひとつの区切りに立っているんだと思い知る。
何通りもの未来が目の前に広がっていて、そのどれを選ぶかは自由だ。ここにいるみんなもそうだ。いろんな線がのびていって、交差したり離れたり近づいたりして続いていく。

いま、別れのとき　飛び立とう　未来信じて
弾む若い力信じて
このひろい　このひろい大空に

歌が終わるころには、保護者席からも鼻をすする音が盛大に聞こえていた。シンなんてごしごしと袖で涙をぬぐっていて、せっかくの中学の制服が台無しだ。そんなことを思いながら、ジュンの涙も止まらなかった。

べつに悲しいわけじゃないのにどうして泣いてるんだろうと、頭のどこかで冷静に思いながらも、涙は勝手に流れてきた。

椰月美智子 **Yazuki Michiko**

1970年神奈川県生まれ。2002年『十二歳』(講談社)で講談社児童文学新人賞を受賞しデビュー。07年『しずかな日々』(講談社)で野間児童文芸賞、08年坪田譲治文学賞、17年『明日の食卓』(KADOKAWA)で神奈川本大賞、20年『昔はおれと同い年だった田中さんとの友情』(小峰書店)で小学館児童出版文化賞を受賞。その他の著書に『14歳の水平線』(双葉社)、『緑のなかで』(光文社)、『こんぱるいろ、彼方』(小学館)など多数。

ブックデザイン●アルビレオ
装丁イラスト／挿し絵●玉川桜
制作●友原健太
資材●斉藤陽子
販売●小菅さやか
宣伝●鈴木里彩
編集●喜入今日子

＊この作品は、2023年8月から2024年1月まで、毎日小学生新聞に連載されたものを加筆修正したものです。

2024年3月11日　初版第1刷発行

作　椰月美智子
発行人　野村敦司
発行所　株式会社小学館
〒101-8001 東京都千代田区一ツ橋2-3-1
編集 03-3230-5416 販売 03-5281-3555
印刷所　萩原印刷株式会社
製本所　株式会社若林製本工場

・P7『フリードルとテレジンの小さな画家たち』
（野村路子・著、「みんなと学ぶ 小学校国語六年（上）」学校図書より）
・JASRAC 出 2400073-401

 ISBN978-4-09-289335-1